卯月みか
天花寺さやか
みちふむ
望月麻衣

大正浪漫乙女恋譚抄

河出書房新社

◉目次

大正浪漫乙女恋譚抄

大正浪漫乙女恋譚抄

帝都百貨店の職業女史《モダンガール》

天花寺さやか

一

元号が「大正」になり、和洋折衷、独自の文化が花開いた「大和帝国」。

最大の街・帝都は、昔ながらの木造建築の他に、石造・鉄筋コンクリートの西洋建築も多く建てられ、都市全体が華やかになった。

人々の価値観も大きく変化して、それまで家に籠《こも》りがちだった女性も世に出て働くようになった。

学校を卒業して、自らの力で人生を切り開く。

いわゆる「職業女史」は女性達の憧れで、それぞれ夢を抱いて羽ばたいていた。


でも。


元号が変わっても、価値観が変わっても。

立場の弱い人が虐《しいた》げられる真理は変わらない。

どんなに働いても、どんなに高い能力を身に付けても、立場が弱ければ認められない……。

どんなに努力を重ねても、報われない。

職業女史にはそういう辛い「現実」もあった。

私、中村静香《なかむらしずか》も、悲しい「職業女史」の一人だった――。

＊

「ちょっと何してるのよ！　早く持って来なさい⁉　お客様がお待ちなのよ⁉」

耳をつんざくような甲高い声が、帝都の老舗・山本百貨店《やまもとひやつかてん》の七階の大食堂に響く。

上客だけが使えるロココ調の貴賓《きひん》テーブルには、帝都新聞社の社長と奥様、そして、モダンな制服を着た山本百貨店の社長令嬢・山本恵子《けいこ》が脚を組んで座っていた。

西洋の特別な料理や菓子、紅茶等を、社長夫妻と一緒に優雅に楽しんでいる恵子は、必死に働く私へ怒号を飛ばした。

「まだなのぉ⁉　は、や、く！　早く！　このテーブルに並べて！　社長と奥様にうちの品をお見せするんだから！」

「申し訳ございません！　ただいま参ります！」

恵子と同じ制服を着た私は、百貨店の商品のパラソルを十本抱えて、大食堂に駆け込みながら返事する。

「本っ当に遅いんだから！　無能！」

恵子の声が、重なるように飛んだ。

私が三階の呉服売り場で、病欠した店員の代わりに販売に従事していた時。

他の店員を通じて恵子から大食堂まで呼び出され、突然命じられた。

「奥様がご所望だから、パラソルを今すぐ持ってきて。並べられるぐらいに」

社長夫妻からは見えないように、爪先で脚を蹴られて急《せ》かされた。

「この『優等社員』である私から、直接、仕事を恵んで貰えるなんて光栄でしょ？　分かったら、とっとと働いて！」

毎回、こき使われる度に吐かれる恵子の言葉について、立場の弱い私は何も言い返せない。

すぐに恵子の代わりに、最上階である七階から一階まで駆け下りて、新聞社の奥様に相応《ふさわ》しいパラソルを数本選び、それを抱えてまた七階まで走った。

一秒でも早く戻っても、恵子から怒鳴られ、無能扱いされてしまう。近頃はだんだん、自分の鈍足が悪いのだと、心の中で傷つきながら反省するようになっていた。

「大変お待たせ致しました」

貴賓テーブルまで辿り着くと、私は呼吸を整えて、綺麗な姿勢と笑顔でパラソルを差し出す。

けれど奥様は、テーブルに並べたパラソルよりも、走ってきた私の呼吸が気になったらしい。

「ありがとう。それにしても貴女……。大丈夫？　耳を澄ますと、微《かす》かだけれど、ハァハァと聞こえるわ」

ふふふ、と笑う奥様の横で、社長も愉快そうに微笑んだ。

「頑張るのもよいが、ほどほどにね」

奥様と社長は、純粋に私を気遣ってくれる。

けれどすぐに恵子が、叱る材料を見つけたと言わんばかりに反応して、私を見て蔑《さげす》んでくる。

「まぁ！　奥様のおっしゃる通りでございますわ！　大変申し訳ございません。栄《は》えある山本百貨店の店員が、お客様の前で下品な呼吸をするなんて……。至らぬ証拠でございますわ」

お客様のご迷惑にならないように、一生懸命呼吸を整えたのにと、私はしゅんとする。

恵子は奥様に合わせて華やかに笑い、社長夫妻に見せつけるように、私をきつく睨みつけた。

「あなた、もっと考えてお仕事なさいね？　山本百貨店《うち》の評判を落とさないで頂戴。急いでたなんて言い訳は、今の職業社会では通用しないわよ？　どんなに走っても、普通の呼吸をすればいいだけでしょ。でないと、お客様が気になっちゃうでしょう。私、何か間違った事を言ってるかしら？　言ってないわよね？　あなたも『職業女史』なら、それぐらい分かるでしょ」

「はい。私が、至らないせいです……」

気高さを見せつけるように、貴賓テーブルの椅子で優雅に脚を組みながら、恵子は一生懸命働いた私を執拗に叱る。

社長夫妻からは見えないように、からかうように、テーブルの下から私の脚を蹴り上げた。

「っ……！」

「のろま。あんたがお父様のお情けで女学校を出て、ここで働いているだけでも虫唾《むしず》が走るのに」

私にしか聞こえないように、暴言を吐く。

「優秀ぶるんじゃないわよ『身の程知らず』が。働きすぎて死ねばいいのに」

「……はい。申し訳ございません、お嬢様……」

私は、目の前の社長夫妻や、周りのお客様にばれないように、必死に痛みに耐えて謝罪した。

ここで痛がったり口答えをすれば、後でもっと酷《ひど》いお仕置きをされたり、嫌がらせをされたり、最悪、仕事を辞めさせられると私は知っている。

恵子の、そして私の父でもある社長に告げ口されたら、この職場を失うどころか、老舗百貨店社長の圧力によって、次の働き口も阻《はば》まれる。

だから私は本当は、恵子と同じ「山本家の娘」でも、異母妹の恵子を「お嬢様」と呼んで、自分自身は令嬢ではなく一店員として、末端で働く身に甘んじている。

黙って抵抗せず素直に頭を下げるのが、私に許された唯一の行動だった。

「下の者にも、きちんと目を光らせる事が出来るなんて……。本当に恵子さんは、行き届いた人ですこと」

「全くだ。さすがは、山本百貨店の社長令嬢だな。生まれた時から、上に立つ器が備わっているんだな」

社長夫妻が、私を叱った恵子の心意気を褒めたので、恵子はますます天狗になる。

「ありがとうございますぅ！　やっぱり今の時代、『職業女史』たるもの、意識は高く持たないといけませんもの。私もこの山本百貨店の社長令嬢として、社員達に厳しく指導しておりますのよ。分かった？　あなたも立派な『職業女史』を名乗りたかったら、心構えは常に忘れちゃ駄目よ？」

「はい。申し訳ございません。お嬢様のおっしゃる通りでございます」

必死に駆け回って荒れた呼吸が、ようやく鎮まってゆく。

沈んで冷たくなった心を奥底に埋めて、私はもう一度頭を下げた。

＊

私・中村静香は、山本百貨店を経営する帝都の豪商・山本晋助《しんすけ》の長女として生まれた。

両親は政略結婚だったので、父は外に妾《めかけ》を持っていた。そのせいか父は、正妻である私の母だけでなく、娘の私の存在まで疎《うと》んでいた。

私が五歳の時。母が流行り病で亡くなった。父は、母と私の世話を全て使用人に任せて妾・初枝《はつえ》の住まいに入り浸り、母を見舞うことすらしなかった。四十九日が終わってすぐ初枝と再婚し、娘の恵子が生まれると、父は初枝と恵子を本宅に住まわせた。

私はというと、母が亡くなった後は親戚の家をたらい回しにされたが引き取り手がおらず、結局、父の元に戻る事になって、山本家の娘なのに、まるで後から本宅にやってきた「居候《いそうろう》」というような形になった。

本宅の新しい生活が始まって以降、父は初枝と恵子だけを愛して私を無視したり、一人で食事をさせたりと、あからさまに私を冷遇するようになった。

私の継母となった初枝は、父と一緒に私を虐《いじ》めたのはもちろん、恵子まで両親に倣って私を格下扱いするようになり、暴力を振るうようになった。

最終的に私は、使用人も含め、一家全員から冷たくあしらわれ、「仲良し家庭の異物」や「身の程知らず」と言われ、下働きさせられるようになった。


れっきとした父の娘なのに、私だけ、名字を母親の姓に変更されて、山本家の中でただ一人、「中村静香」という名前になった。

毎日綺麗に結い上げてもらう恵子と違って、私は長い髪を紐《ひも》で括《くく》るだけ。

着物は女中のお下がりで、家の下働きだけでなく、父の経営する百貨店の掃除もさせられた。

私の立場は、まるで奴隷だった。

父は、私を女学校はおろか小学校にすら通わせずに、年頃になったら家から追い出す予定だったらしいが、女性教育が叫ばれる今の時代に、百貨店を経営する実業家が実の娘を閉じ込めて、学校に通わせないのは、どうにも世間体が悪かったらしい。

「仕方なく、お前にも教育を恵んでやるんだ。本当は今すぐこの家から叩き出したいが、世論がどうにもうるさいのでな！」

渋々判断した父に嫌味を言われながらも、私はそれだけは幸運にも、小学校や女学校に通わせてもらった。

とはいえ、帰宅した私を待っていたのは、自分の価値が分からなくなるような辛い日々。初枝は、親孝行をしろと言って私を虐げて、恵子も母を真似して私をこき使う。

最初は私も、年相応に異を唱えたり抵抗したりしていたけれど、その度に、父と初枝の両方から激しい折檻《せっかん》を受けたので、次第に諦めて従うようになった。

それでも私にとっては、たとえ打算だらけの入学でも、学校に行ける生活は希望だった。

ここで優秀な成績を収めれば、家の皆が、誰より父が、自分を見直してくれると信じて、勉学に励んだ。

その過程で私は、社会で働く「職業女史」なる存在を知って、自分もそれを目指すと決めた。

進学した女学校の授業で、「個々の能力発揮や社会貢献こそが、国の恒久なる繁栄に繋《つな》がる」という作文を書き、それが見事代表に選ばれて、来賓もいる学生弁論大会で読み上げた事もあった。

そんな風に、私が女学校で目覚ましい成績を残す一方で、別の女学校に通っていた恵子は、いつも勉学を怠けて成績は芳しくなかった。

父と初枝は、恵子の出来の悪さを嘆くより私への憎悪を募らせて、恵子本人も、

「静香ばっかり、どうしてよい成績が取れるのよ!? 先生に媚《こ》びを売ってるに違いないわ！」

と私に嫉妬して、皮肉な事に、女学校に通い出してからの方が、家での私への風当たりは強くなった。

やがて、女学校を卒業した私は、父の命令で山本百貨店に入社した。

だからといって、父が私に、家業を継がせたい訳ではなかった。

職業女史を目指していた私が余程気に入らなかったらしく、自分の手元に置いて、虐げようと思ったらしい。

「職業女史とやらを目指すなら、馬車馬のように働いてみろ！ 朝から晩まで、全ての仕事をこなしてみろ！」

父は、私を過労死させる勢いで、あらゆる仕事を押し付けた。

命じられた百貨店の仕事は多岐にわたり、ひとたび体調を崩すと、

「そら見た事か！ 何が職業女史だ！ そんな軟弱な体でどう働く気だ！」

と、父だけでなく初枝にも暴言を吐かれて折檻され、高熱だろうがどんな状態だろうが、

私は一日も休まず百貨店の売り場に立たされた。

それでも私は、毎日きつい仕事に耐えながら、

（どんな経緯や形であれ、職業女史となる夢は叶ったのだから……！）

と自分に言い聞かせて、それはきっと幸運な人生なのだと弁《わきま》えて、日々を乗り越えていた。

やがて、恵子も女学校を卒業すると、父は恵子を、何の試験も研修もしないままに山本百貨店の店員に据えて、本来ならば、厳しい役員達の審査が必要な、上位の社員だけが持てる『優等社員』の地位と『社長令嬢』という特別な肩書きを与えた。

それは少なからず、山本百貨店の大番頭をはじめ、他の優等社員達に動揺を与えたらしいが、父の報復による解雇を恐れて、誰も反論出来なかった。

＊

恵子は優等社員として、私の選んだパラソルをテーブルに並べて、さも自分が持ってきたかのように奥様に薦める。

「さぁ、ご覧下さいませ。奥様はどれがお好きでしょう？」

美しいレースや、模様のついた様々なパラソルを見て、奥様はうっとりする。

「まぁ、こんなに沢山……！　迷ってしまうわ。恵子さん、どうもありがとう」

「いいえ、お客様のためですもの！　当然の事でございますわ。私は社長令嬢にして、優等社員。時代の最先端をゆく『職業女史』でございますもの」

感謝されて、恵子は得意そうに胸を張る。

しかし次の瞬間、奥様がのんびりパラソルを見比べながら、

「どれがいいかしら。これらの商品には、どんな違いがあるの？」

と、尋ねた。

私は内心焦り、そっと恵子の様子を窺《うかが》うと、恵子の動きが止まっていた。

「あっ……。あ……？　えっと……。それはですねぇ……」

間延びした返事しか出来ないために、一瞬で、貴賓テーブルに妙な雰囲気が漂った。

恵子は、優等社員という肩書きを持ってはいるが、実情は、上客達と一緒に百貨店の中を遊ぶように歩き回ったり、大食堂で一緒に菓子を食べながら、ひたすらお喋りするだけの毎日を送っている。

販売や倉庫の管理、仕入れ等をはじめ、実際の仕事は、静香や部下の店員達に丸投げしている。当然、山本百貨店で取り扱っている商品の事など、何も知らない。

そんな恵子がいざ商品について訊かれても、答えられるはずがなかった。

案の定、恵子は私にちらっと視線を投げて、

（代わりにあんたが答えなさいよ。早く！）

と微かに舌打ちする。

私とて、この気まずい状況を何とかしたい。百貨店で働く者として、お客様に不快な思いだけはさせたくない。

後で、恵子によってどんな折檻がくるかを覚悟したうえで、私はそっと息を吸う。

一旦、自分の身の上は全て忘れて、お客様である奥様だけに向き合って、心を込めて口を開いた。

「――奥様。これらのパラソルは全て、今の流行に合わせて選ばせて頂きました。かつ、社交界でもお使い頂けるような、上質なものばかりを集めております。特に、パラソルの持ち手が自慢でして。一つ一つが職人の手彫りだけでなく、有名な画家による彩色も施してございます。我が百貨店が特別に、直接、職人や画家に依頼しました。パラソルをお抱えになりやすいように、持ち手が短いという工夫を凝《こ》らした商品もございます」

「まぁ、素敵ですこと！　なら、私は抱えて歩く事が多いから、まずは持ち手が短いこれとこれを……。色はやっぱり、私ぐらいの歳となれば、白地でないと駄目かしら？」

「いいえ。そのような事はございません。白だけでなく、クリーム色や黒なども、今の奥様向けの流行りでございます。こちらの、琥珀《こはく》めいたクリーム色に、刺繍《ししゅう》で縁取られたパラソルでしたら、帝国劇場の前でもきっと見劣りせぬ華やかさでございます。素材は錦紗《きんしゃ》でございますし……」

一本一本、丁寧に説明すると、奥様の頬がぱあっと桃色に染まって瞳が輝く。

「確かに、あなたの言う通りね。私、帝劇へ行くのが大好きなの！　どうして私が、帝劇好きだと分かったの？」

「いいえ、ただの勘でございます。今の奥様の御召し物は、とても良いお品ですし、お耳にはイヤリングが光って非常によくお似合いでございます。きっと芸術について、大変造詣《ぞうけい》が深くいらっしゃるだろうと拝察致しました。それで帝劇へも、足繁くお通いだろうと考えたのでございます」

私の言葉に奥様は恍惚《こうこつ》めいて「ありがとう」と言い、社長も満足そうである。

「やはり、山本百貨店は素晴らしいな。よい店員が揃っている」

「恐れ入ります」

褒められたのが嬉しくて、私は微かに頬を赤らめて、そっと社長夫妻に頭を下げた。

相手の立場や服装、表情、話し方から、その人がどんな人物であるかを考えるのが、私は得意だった。そこから、相手にとって最適な商品を提案して、お客様に喜んで頂いた経験は、一度や二度ではない。

第一、その能力こそが、百貨店の店員には欠かせない。

まだ見ぬ素敵な物を探しに来たお客様に、理想の商品を提案して差し上げる事が、私をはじめ、百貨店の店員達の、大切な使命だと思っている。

そして同時に、その使命こそが、私自身の辛い境遇を忘れさせてくれる、大切な「職業女史の夢」だった。

最終的に奥様は、私の薦めたクリーム色のパラソルを選んで、恵子に託す。

「はい。恵子さん。こちらでお願いね」

「か、かしこまりました……」

真っ青な顔で受け取って、私に包んでこいとパラソルを押し付ける恵子の全身から、どす黒い憎悪が漏れている。

私はそれを見て、後の折檻がいかに酷いかと怯《おび》えたが、奥様の嬉しそうな、素敵な買い物が出来た喜びの表情を見て、決して後悔はすまいと思った。

案の定、パラソルを抱えて大食堂を出た私の背後から、カツカツという激しい足音がする。

恐る恐る振り向くと鬼の形相《ぎょうそう》の恵子が追いかけてきており、お客様からは見えない店員用の階段まで連れていかれると、思い切り下へ突き落とされた。

私は咄嗟《とっさ》に手摺《てすり》を摑んで持ちこたえたが、恵子がさらに私の体を蹴って、踊り場まで落としてくる。私は体を丸めて商品のパラソルを守った。

「あうっ！　……っ……！」

大きな衝撃と共に、全身に激痛が走って動けない。

私の頭上から、恵子の怒号がまっすぐ落ちて階段に響いた。

「あんた、よくも私に恥をかかせてくれたわね⁉　この邪魔者！　無能！　身の程知らず！　あんなに言葉を並べて、奥様を喜ばせて……っ！　奥様に取り入る気だったんでしょう⁉」

「いえ、あの！　私は決してそんなつもりじゃ……！　訊かれて、説明をしただけで、」

「お黙り！　あんたのせいで私の存在が霞《かす》んだじゃないの！　私こそが『優等社員』なのに……！　あんたみたいな下っ端社員は、私を引き立てるのが当たり前なの！　底辺の労働者の分際で、調子に乗るんじゃないわよ！」

恵子は大股で、痛みで動けない私の前まで下りて、力の限り踏みつける。

ヒールの高い靴で、何度も何度も。

背中、肩、腕にと、私の体中に恵子のヒールが突き刺さって涙が滲《にじ》む。

それでも私は、パラソルを嬉しそうに選んだ奥様をがっかりさせたくない一心で、商品を胸に抱いて守り続けた。

「申し訳ございません、申し訳ございません……！」

恵子の怒りが収まるまで、ひたすら謝罪するしかない。

最後には土下座までさせられて、

「じゃ、今すぐそのパラソルを綺麗に包んで、大食堂まで持って来なさい！　奥様には私がお渡しするわ！　あんたはもう、社長や奥様の前には現れないで頂戴！　分かったら早く行きなさい底辺社員！」

命じられて、ガツガツと階段を上る恵子の足音を見送った。

暴言を吐いて、暴力を振るってスッキリしたらしい恵子の気配が、だんだん遠ざかっていった。

「あ……。パラソル……」

痛みに耐えながら、腕の中の商品を確かめる。

職人による一点物なので破損していたらと恐れていたが、幸いな事に、傷一つ付いていなかった。

「よかった……」

これで何とか、大食堂で待っている奥様に喜んでもらえる。

その事実を胸に抱いて、私は、今しがたの辛い折檻を心の奥底に押しやった。

百貨店店員として務めを果たす瞬間だけが、私の慰《なぐさ》めで生き甲斐で、夢である。

世の中には、夢破れる人も沢山いるのだから。仕事があって、売り場に立てるだけでも、感謝しないといけない。

「そう。私には、夢があるのだから。立派な百貨店の店員となって、お客様と喜びの縁結びをする、『職業女史』を続ける夢……」

自分を鼓舞するように呟いて、何とか立ち上がる。

その途端、幼い頃から家族皆に吐かれていた「身の程知らず」という声が、頭の中を暗くよぎる。

（大丈夫。大丈夫よ、静香。私は私……。これまで通り、日々努力を続けて、自分の力でちゃんと仕事をすれば……。きっと、この百貨店や、世の中の役に立つ存在になれて……皆が認めてくれるはずだから……）

父や恵子にこき使われる毎日は過酷だが、そのお陰で、私はあらゆるフロアの、あらゆる売り場に立つ事が出来ている。今では、山本百貨店に関する事であれば、どんな仕事でもこなせるようになっている。商品の説明も出来るし、外国のお客様相手に簡単な英語すら喋れるようになっている。

（だから私は、夢を叶えた素晴らしい『職業女史』。そして、その夢の途中……。今の状況に、感謝しなきゃ、駄目なの）

懸命に前向きに考えて、こぼれる涙を拭く。

そして、パラソルを包装するために、気力を振り絞って一階へ走った。

二

私・山本恵子は、昔から異母姉の静香が嫌いだった。

別に、静香本人が悪い訳じゃない。静香の性格だって悪い訳じゃない。

なのに、何で嫌いかというと……。


そう。【身分】ね。

身分だわ。


だって、私とお母様は、帝都随一の山本百貨店の社長たるお父様に愛されて、本家の一員となった「上の身分」だけど、静香はお父様に疎まれて、母親も亡くした没落娘。つまり「下の身分」。

そんなのが、母親が死んだというのにずーっと我が家に居座ってるのは、おかしいわよね？　だから私は、いつも静香を身の程知らずと思っていたし、今も思っているわ。

だって静香は、そういう身分なんだもの。下の身分なのに、私と同じ社長の娘として我が家にいるなんて、絶対におかしいでしょう？

この世には、殿様もいればお姫様もいて、貧しい百姓だっている訳でしょう？

つまり、人にはそれぞれの身分があるの。そういう仕組みなの。

私は社長の娘という「上の身分」で、「下の身分」の使用人達をこき使っている。それで我が家は成り立っているし、この世だって成り立っているのよ。

お父様だって、自分が雇っている百貨店の店員達を、毎日道具のようにこき使っているし、気に入らなければ解雇して捨てるわ。それの何が悪いの？　当たり前の事じゃない？

だから、人間として生まれたからには、自分の「身分」をしっかりと自覚して、それに沿って生きる事が大切なのだと、私は思うのよねぇ。

なのに今の時代は、やれ身分平等だとか、個人尊重だとか、馬鹿らしい話ばっかり新聞で書かれているし、ラヂオでも叫ばれている。

そんな愚かな世の中だから、お父様やお母様も、うちの長女というだけで静香を家に置かなくちゃいけなくて、しかもお父様は世論に負けて、静香を女学校に行かせる羽目になった。

女中以下の身分の子に、そんな贅沢を与えなくてはならないなんて……！

お父様やお母様、そして私は、何て惨《みじ》めで恥ずかしくて、可哀想《いや》なんでしょう！

学校は、私みたいな上流階級の人間だけが通って、貧しい卑しい身分の人間は、黙って朝から晩まで働いてればいいのよ。

それなのに。

静香は、女学校に通い始めてから良い成績を残すようになって、生意気にも学生の代表として、作文を読み上げた。

ふざけるんじゃないわよ！　山本家の、女中以下の人間のくせに！

私なんか学校で一度も、代表なんて栄光を浴した事などないのに！

それも皆、静香が身の程知らずで、のうのうと生きているから！

絶対に静香が、私の栄光を吸い取っているに違いないわ！

卑しい身分の、身の程知らずのくせに！

それから私は、さらに静香が嫌で嫌でたまらなくなった。

女学校を出た静香がお父様の命で山本百貨店に入社し、卒業した私も社長令嬢かつ優等社員として同じ店で働くようになってからは、徹底して静香を虐げてやった。

だって私は優等社員で、静香はただの一店員だもの。

地位も身分も、完全に私の方が上！　時代の最先端である華々しい「職業女史」の称号も、私のもの！

この機会に、静香にはきっちり身分を叩き込んでやらなくちゃと、毎日うきうきして意気込んだ。

社長令嬢、そして優等社員として、山本百貨店で上客相手に楽しくお仕事しながら、静香や他の店員をこき使う生活は、楽しくて楽しくて仕方なかった。

私の役目は、笑って上客の皆様のお相手をする事。

人前で輝く事が、私の仕事。

だって私は、社長令嬢で優等社員という、特別な身分なんだもの!!

嫌な仕事や困った時は、全部、静香に押し付ければ解決。出過ぎた真似をしたら、すぐに蹴って罵《ののし》ればいい。

今の私は、それをして許される身分だし、お父様やお母様も、社長や社長夫人として、百貨店の店員を奴隷のように扱っている。

だから私だって、そうしてもいいのよ。上の身分なんだもの。

下の者を養分にして、私達上の身分は輝くの。その輝きが、世の中を照らして作ってゆくの。

それが！　社会の！　仕組みなの！

……なのに静香はまた生意気にも、輝かしい栄光を手に入れようとしていた。

うちの百貨店の得意先だった、三島《みしま》造船会社の次男・益男《ますお》様が、紳士服部で対応した静香を少しばかり気に入ったらしい。足繁くうちの店に通っては、静香に話しかけるようになった。

益男様は、顔立ちがよくて、モダァンと評判の御曹司《おんぞうし》。

もちろん、ご実家の三島造船会社は、今を時めく「成金様」。

むしろ私が、益男様と仲良くなりたかった。

（このままでは、静香が益男様に見初められて、結婚する……⁉）

冗談じゃない！　そんなの絶対に嫌よ！

静香のような身分の娘に、そんな幸福なんてあり得ない！

そう思った私は、すぐに静香を紳士服部から追い出して、代わりに私が紳士服部に居座った。

静香の気配がしたら、階段で蹴って下に行けと言い、地下の倉庫の掃除を命じて出さなかった。

「あの、お嬢様、三島様への商品の手配は……。私の担当だったので……」

怯えながら、静香が私に尋ねた瞬間。

私は激怒して、倉庫に置いてあった商品の紳士用ステッキを摑んで静香に振り下ろして、滅茶苦茶に叩いた。

「お黙りっ‼　あんたが口にしていいお方じゃないのよ三島様はっ‼　あんたって子は本当に！　どこまで！　身の程知らずで、社会の表舞台にしゃしゃり出る気なの⁉　虫のような身分ごときがいい加減にして頂戴！　何が職業女史よ！　何が身分平等よ！」

怒鳴り散らして、静香が気絶するまで殴り続けた。呻《うめ》いて動けなくなった静香を放置して、紳士服部に戻った。

その後、来店した益男様に、静香が地下で居眠りして仕事をさぼっていたので売り場から外したと吹聴すると、

「なあんだ。あれはそんな子だったのか。がっかりだなぁ。見た目は立派な職業女史に見

えても、本当はさぞかし、卑しい身分の出なんだろうね。僕の家も、そういう奴らには参っているんだ」

と、益男様が言ったので、私は嬉しくなって、身分平等がいかに間違った認識かを熱く説いた。

「ねえ？　益男様もそう思いますでしょう？」

「あぁ。君の言う通りだ。やっぱり上流階級の子だと、話が分かる」

益男様は、愉快そうに私の言葉に乗ってくれた。二人で、卑しい身分の者達の悪口をひたすら言い合って、意気投合した。

翌日から、益男様の心から静香は完全にいなくなり、代わりに私が、益男様の心をものにした。


それから数週間後。

私のもとに、二つの縁談が舞い込んだ。

一つは益男様。

もう一つは、帝都の遥か西にある町「京都」の若き社長・高峰祐一郎《たかみねゆういちろう》という青年だった。

三島造船会社も、高峰家が経営する近畿急行鉄道も、どちらも今、力を伸ばしている会社だとお父様は言った。

「恵子の好きな方を選びなさい」

えびす顔で薦めるお父様に、私は間髪入れずに前者を選んだ。

「だって、列車よりも船の方がモダァンだわ。これからは広い目を持って、海を渡って世界を遊行するのが流行りよね。関西でちまちま線路を延ばしている会社なんて、何だか聞くだけで卑しいもの」

だから私は、静香から奪って親しくなった益男様と結婚したいと、お父様にせがんだ。

お父様もお母様も、形だけは高峰家の縁談を私に話したけれど、実は、可愛い私を遠い京都へ嫁《とつ》がせたくはなかったらしい。

文明開化と大戦によって、今の大和帝国は好景気に沸いている。輸出も多いとお父様は言う。

その波に乗って、急速に業績を伸ばした造船会社の次男が私と結婚して、山本家に婿入《むこい》りしてくれる方が、お父様にとってもむしろ願ってもない事だった。

「高峰家は、母体は鉄道会社だが、近頃になって百貨店経営にも乗り出すという噂があって生意気極まりない。だから、高峰家と一応の親族になって向こうを牽制したり、将来的には吸収して二号店を出すのも悪くないと、一瞬だけ思ったんだがな……。それでも、遠い京都なんぞに、可愛い恵子をやる事は出来んよ」

にんまり私の頭を撫《な》でるお父様を見て、私は名案を思い付いた。

「では、静香をそこへ嫁がせればいいのよ！　仕事を辞めさせて！」

職業女史気取りで、一瞬でも、身の程知らずにも益男様の心を奪いかけた罰よ。

私が話すと、お父様は楽しそうに頷いた。

「恵子！　お前は本当に頭がいいな！　ぜひそうしよう！　だいたい、恵子みたいな可愛い娘ならばともかく、うちの邪魔者が社会で働く『職業女史』だなんて、昔から目障《めざわ》りだと思ってたんだ。静香はとっとと辞めさせて、遠い京都へやってしまおう」

もちろん、お前は結婚しても山本家の令嬢で、優等社員のままだぞ。いつかは益男君が俺の跡を継いで、お前は立派な社長夫人だ。二号店の女支配人というのもどうだ？

お父様が並べた夢のような言葉に、私は飛び上がって喜んだ。

そして、お父様の手腕によって、あっという間に私と益男様の縁談と、静香と高峰祐一郎の縁談がまとまった。

それぞれの婚礼の準備が整って、身支度をして京都へ去った時の静香の表情を、私はよく覚えていない。

身の程知らずを徹底的に追い込んだ勝利に酔いしれていたから、どんな顔をしていようが、もうどうでもよかった。


ざまぁみなさい、静香！

それがあんたの、どうしようもない人生なのよ。

どんなに学校で良い成績を収めたって、仕事を頑張ったって……無駄！

下の身分らしく、世の中の摂理に従って、夢を失《な》くして遠い京都で嫁として苦労して、惨めにこき使われて死ぬのが、あんたにはお似合いよ。

対する私は、モダァンな夫と太い実家に守られて、優雅に暮らして、ゆくゆくは社長夫人や女支配人として、美しく素晴らしい人生を送る事が約束されている。

時代の最先端として注目される、「職業女史」という華々しい肩書きと共にね。

私はきっと……山本百貨店の敏腕社長夫人として、後世まで名を残してゆくわ！

山本家を出て行った静香の小さい背中が、もう可哀想で面白くて。

私は、私自身の、恵まれた身分と人生を嚙《か》み締めて、これが幸せなんだと嬉しくなって、有頂天になった。

私の人生が、静香の人生と尊厳を、無慈悲に踏みにじったという神のような勝利の感覚が、愉快で愉快でたまらなかった。

三

まだ幼く、家族に虐げられていた私の秘かな楽しみは、初枝や恵子が散らかした新聞や本、少女雑誌などを命じられるままに片付けながら、そっと中身を読む事だった。

新聞に載っている広告の商品が、山本百貨店の売り場に並んでいる物と全く同じだと分かった時、何だか夢の世界が目の前に現れたみたいで、とても面白いと思った。

広告だけでなく、新聞や雑誌をこっそり読む度に、そして百貨店の中を見る度に、私は世界への目が開いた気がした。

(百貨店には、常に新しい物が並んでいる。あらゆる夢を見せてくれる。素敵な商品との出会いは、人々に新しい日々をもたらし、人生を豊かにしてくれる。私は店員として働いて、人々の新しい人生の懸け橋になりたい)

そんな想いが、女学校に通える事になって、明確な「夢」となって。

家の因縁に翻弄されながらも、何とか、百貨店の店員という職業女史になれたのに。


私を待っていた結末は、結婚で仕事を辞めさせられて、遠い京都へ嫁がされるという、悲しい運命だった。


同時に、恵子が三島造船会社の次男・益男様と結婚する事になったので、全ては恵子が父に頼んで、父が仕組んだと悟った。

普段は入る事が許されない山本家の洋室で父から縁談を聞かされ、初枝と一緒にソファーに座った恵子が勝ち誇るように微笑んだのを見た時。

私は、どんな表情をしていただろうか。

「分かったな、静香。お前は今日限りでうちの店を辞めて、京都へ嫁ぐ支度をしろ。婚礼

について は、うちの使用人達や向こうの者が全て執り行うから、今すぐにでも黙って身一つで汽車に乗ればいい」

「よかったじゃないの、静香！　遠い町では苦労するかもしれないけど、あんたは毎日働いて苦労に慣れているから大丈夫よね」

きゃはは、と笑う恵子と初枝に、私を厄介払いする父。

（あんなに今まで、私は一生懸命、何もかも頑張ってきたのに……）

本当に何一つ、報われなかった。

本当に何もかも、儚《はかな》い幻だった。

職業女史としての人生はおろか、ほんの僅《わず》かに芽生えた三島益男様との時間さえ、恵子に奪われて。

心の支えだった仕事すら、恵子と父親に奪われた。

「返事をしろ、静香！　他家に嫁いだからには二度と、うちの敷居は跨《また》げないと思え！」

「……はい」

もういっそ、この家を飛び出してしまおうかと思ったが、以前同じように、女中の仕事が辛くて飛び出した子は、百貨店の社長として多方面に顔が利く父の圧力によってあらゆる再就職先を奪われて、心を病んで郷里に帰った。

（母方の親戚は、零落や流行り病で皆亡くなって、断絶している……）

天涯孤独の私に逃げ場はなく、もはや、黙って縁談に頷くしかなかった。

もう、涙すら出ない。

これからの私は、ただ黙って俯いて、全てを諦めて、これが自分の人生だったと心の底から納得して、嫁ぐしかなかった――。

*

山本家を出て、朝早くから汽車に揺られた私は、七条《しちじょう》ステンショと呼ばれる京都駅に着いた後、高峰家の迎えの者と合流した。

人力車に乗って向かった純和風な高峰家の邸宅にて、挙式の準備をして、数日過ごす。

義母となる、亡き高峰家前当主の妻・芳子《よしこ》をはじめ、私を迎えてくれた家の人達は、最初の挨拶以降どこかよそよそしかったが、それでも瞳には温かなものがあり、

(よかった。嫌われてはいないみたい)

と分かって、人知れず安堵《あんど》した。

私が驚いたのは、夫となる高峰祐一郎が式の当日まで現れなかった事で、数日間にわたる式の準備にも、その人は全く姿を見せなかった。

挙式当日になって、花嫁衣装に身を包んだ私が、義母や、高峰家の親戚一同と共に会場の大広間で待っていると、

「――すみません。遅くなりました」

とようやくやってきた軍服姿の男性こそ、夫となる祐一郎様だった。

私ははっと顔を上げて、初めて会ったその人を見る。

（端正なお顔立ちに、精悍《せいかん》なお体。会社を経営する若社長様と伺《うかが》っていたから、もう少し、華奢《きやしや》かと思っていたけれど……）

現在の高峰家は、鉄道会社を営む関係から大和帝国の「帝国陸軍」と深く繋がっており、祐一郎様ご自身も、少尉の地位に就いているという。

士官学校を卒業した後、亡き父や兄を継いで社長として多忙を極めていても、陸軍本部の要請があれば、少尉として出向くそうだ。

驚いていたのは私だけでなく、義母や親戚の何人かも立ち上がり、

「祐一郎。あんた、今までどこに行ってましたのや。早く来いと電報を打ちましたやろ。花嫁や親戚の人達をこんなに待たせて。それに軍服のままやないの。新郎の羽織袴《はおりはかま》は？」

と、京言葉でぷりぷり怒る義母に、祐一郎様は、少し申し訳なさそうでありつつも冷静に、礼儀正しい標準語で説明した。

「軍の方で至急の会議と揉め事があったので、私が仲介役に回っていたのです。昨日まで帝都にいて、電報を打つ暇も着替える暇も惜しんで汽車に乗り、駅からは、ここまで人力車を飛ばしました。それでもお待たせしたようで、遅参をお詫び致します」

母親を宥《なだ》めて、親戚達にも謝っている。

しかしながら彼は、頭を下げても堂々としていて、頼りがいがある。私はさすがと感心する。

事前に聞いていた、「実業家将校」という異名と威厳が、祐一郎様の全身から光って薫るようだった。

やがて、祐一郎様は、私の前に正座して向き合い、

「俺の花嫁は、君か」

と尋ねたのへ、私は丁寧に頭を下げた。

「はい。静香と申します。幾久しく、よろしくお願いします」

これから、夫婦となるのだから。

失礼のないように挨拶したつもりだった。

――けれど。

祐一郎様は、一瞬だけ優しい眼差しを向けた後、何故かすぐ表情を曇らせて私を見ようとせず、

「これから、よろしく頼む。家族と仲良くしてくれ」

と言ったきり、式と披露宴が終わるまで、ろくに私と話さなかった。

その後の初夜も、祐一郎様は、片付ける仕事があるからと布団に背を向けて、文机《ふづくえ》に座してしまった。

「君も疲れているだろうから、早く寝るといい」

という声色は、気遣いの気持ちがこもっていても、明らかに、どこか一線が引かれたものだった。

その背中を、私は呆然として、見ているしかない。

（花嫁となった私の事を、歓迎していない……？　親の決めた結婚ゆえ、かしら）

一つ、疑問が湧き上がると、それはどんどん膨らんでゆく。

祐一郎様は、私との縁談を望んでいなかったのかもしれない。

実は、他に好いている娘がいたのかもしれない。

けれど、帝都の豪商・山本家や、老舗たる山本百貨店との結び付きを強めるために、仕方なく……。

様々な事情によって恋人と引き裂かれ、親の薦める人と結婚するのは、大正となった今でもよくある話だ。

（私だって、父親の命令で、仕方なく……！　それなのに祐一郎様すら、この結婚を望んでいなかったとしたら）

考えて、心がずたずたになった私は、体を丸めて布団に潜り、祐一郎様に背を向ける。


私は一体、何のために結婚したのだろうか。

何のために夢を捨てて、京都へ来たのだろうか。

唇を噛みしめても、嗚咽《おえつ》が漏れてしまう。

それが聞こえたのか、

「大丈夫か」

と、祐一郎様が声をかけて下さったが、すぐに、

「……あんまり辛いのなら、中庭を散歩するといい」

と、短く言ったきりで、また離れて文机に向いてしまう。

それから祐一郎様は、私に触れる事は、一切なかった。

*

義母が京言葉だったように、祐一郎様も、本来は京言葉で話すらしい。

高峰家に嫁いでから数日後。

私はそれを、邸宅に出入りする商人達から聞いた。

「何でも、帝都や軍の本部で関西訛りを使わはると、上官さんに疎まれてしまうとか。それで若旦那様は、いつもは帝都の標準語をお使いになって、ご家族の前、それも、おくつろぎの時だけ、京言葉を使わはるそうどっせ」

それを聞いた私は、祐一郎様が私に対して、未だに標準語でしか話さないと気づく。

(ああ、祐一郎様の中では、私はまだ『家族』じゃないのね。やっぱり私は、ここでも邪魔者……)

相手に愛想よく笑顔を向けつつ、私は内心悲しくなって、心が沈んだ。

そんな祐一郎様のように、高峰家では義母や使用人達さえも、私と会話はしてくれるものの、何故かよそよそしい雰囲気が抜けない。

要は、私はいつまでも皆から一線を引かれて、どこか孤独な嫁のまま。

（何だか冷たい。嫁ぐって、そういうものなのかしら……）

それでも私が高峰家の人達を嫌いになれないのは、表面上は皆私によそよそしくても、私を見る瞳だけはどこか私に対して申し訳なさそうで、私を思いやる温かいものが感じられるから。

（だから、お義母様や使用人の皆さん、それに祐一郎様も、本当に私を嫌っているようには、思えなくて……）

百貨店の店員時代に培《つちか》った観察眼で、私は、何か理由があるのだろうと察していた。

それが判明したのは、高峰家に住んでいた幼い少女、祐一郎様の姪《めい》・乃江《のえ》ちゃんと話すようになってから。

邸宅の、奥の一室で生活していた乃江ちゃんの存在は、彼女も式に出席していたので知っていた。けれどその日以降、広い邸宅の中ゆえに、彼女と顔を合わす事はほとんどなかったのである。

その日たまたま、私は義母から乃江ちゃんの着物を預かって座敷に入り、絵本だと思っていた乃江ちゃんの読み物が文具のカタログだったのを見て、思わず高揚した。

「まあ！　それって、万年筆の目録？　今開いているのは舶来品の頁《ページ》よね。英国の、エリザベス商会登録の物は、去年までは帝都にだけ卸していたはずだけど。そうか、関西にも進出しているのね。右端の万年筆は、きっと新商品だわ」

気づけば乃江ちゃんの隣に正座して、百貨店の仕入れの時のように、食い入るようにカタログを眺めていた。

そんな私に、乃江ちゃんが目を丸くする。

「ごごご、ごめんなさい！　お邪魔するつもりじゃなかったの！」

私が慌てて一歩引くと、乃江ちゃんはくすりと笑った。

「お姉様は、やっぱりほんまに、百貨店で働いていた『職業女史』やったんどすなぁ」

乃江ちゃんは、祐一郎様か義母のどちらかから、私の経歴を聞いていたらしい。

私はほんのり顔を赤くして、同時に切ない気持ちを抱きながら、

「でも、もう昔の話です」

と俯くと、乃江ちゃんは「そうやの」と言い、

「うちも、将来は職業女史というか、女流作家になりたいんどす。こんな素敵な万年筆で小説を書いて、いつか懸賞で一等を取りたい。でも、うちは居候の身やし、祐一郎おじ様やおばあ様の手前、好き勝手に突飛な夢を語る事は出来ひん……」

と呟いてしゅんとしたのを見て、私ははっと顔を上げた。

「居候――そう言えば乃江ちゃんは、祐一郎様の、お兄様の娘さんだと聞いてますけれど」

「そう。お父様とお母様が事故でお亡くなりになって、それで、祐一郎おじ様が、うちを引き取って下さったの。そやから、うちは、みなしごの『居候』。祐一郎おじ様も、おばあ様も、家の皆も、うちが寂しくならんように今は気を遣ってくれるけど……ほんまは、うちを邪魔やと思ってるかもしれへん」

そう言って、乃江ちゃんは顔を隠すように俯いた。

高峰家の前当主は、二人の男子をもうけていた。

前当主が亡くなった後は、祐一郎様の兄である長男が高峰家と鉄道会社を継いでいた。それが乃江ちゃんの本当の父親。当時の祐一郎様は、跡継ぎではなく一介の青年として士官学校に入っていた。

ところが長男夫婦が事故で亡くなり、幼い乃江ちゃんが残された。

結果、高峰家は次男の祐一郎様が全てを継ぎ、軍人と社長の仕事を両立しながら乃江ちゃんも引き取った。

（さぞかし祐一郎様は、乃江ちゃんに気を遣われているに違いない。それに話を聞く限りだと、乃江ちゃんも、祐一郎様達に相当気兼ねしている）

そんな高峰家に嫁いできたのが、私なのである。

もし、私と祐一郎様が仲良くなって、やがて子供が生まれたら。

（きっと、自分はここにいてはいけない子になると、思っているのね）

実際に、厄介者でしかなかった幼い頃の、私みたいに。

それが分かると、なぜ今まで祐一郎様や義母達が私によそよそしかったか、その理由も見えてくる。

（祐一郎様は確か、『家族と仲良くしてくれ』と言った。あれはつまり、乃江ちゃんと仲良くしてくれという意味だったんだわ）

乃江ちゃんの肩身の狭い思いや恐怖は痛い程理解出来るが、私は、祐一郎様をはじめ高峰家の人達が、決して、山本家の人達と同じではないと知っている。

自らの心の目で見た祐一郎様達の本心を、私は確信する。

そしてそれを、祐一郎様の妻として、伝えるべきだと思った。

「……乃江ちゃん。乃江ちゃんは、いつか自分がこの家の邪魔者になってしまうのではと、恐れているの？」

私が優しく尋ねると、乃江ちゃんは目に薄っすら涙を浮かべながら、こくんと頷く。

「そうなのね。でも、安心して。祐一郎様やお義母様は、ちゃんと乃江ちゃんを家の一員だと思っているわ。だから、乃江ちゃんに寂しい思いをさせないために、新しく嫁いできた私と距離を置いているんですよ」

私が丁寧に話すと、乃江ちゃんが顔を上げる。

「ほんまに？　皆が私のために？　で、でも……！　そんなん、あかん！　それではまるで、嫁いできたお姉様が虐められてるようやわ！　お姉様は今、祐一郎おじ様達に冷たくされてるの？　それやったら私が話して、仲良くするように言うてくる！」

立ち上がりかけた乃江ちゃんを、私はそっと制して座らせる。

「ありがとう。乃江ちゃんは優しい子ね。だから、祐一郎様や皆さんもきっと、乃江ちゃんの事が好きなのだし、毎日気遣っているのだわ」

「……ほんまに？」

「ええ。私、家の皆様をずっと見ているから、よく分かるの。何だったら私が今夜、祐一郎様にお話ししてあげるわ。どうかしら」

私が優しく微笑むと、乃江ちゃんは安心したように頷く。

案の定、私がその日の夜に、祐一郎様に仔細を話すと、祐一郎様は予想もしなかったという風に目を見開いた。

「乃江がそんな事を……？　向こうも、俺達に気を遣っていたというのか」

「はい。亡きお兄様の娘として、この家にいる事をどこか申し訳なく思っていたようです。乃江ちゃんはとても優しくて賢い子ですから、祐一郎様のお立場やご自分の立場を、乃江ちゃんなりに汲んでいたのだと思います」

続けて私が、乃江ちゃんに疎外感を与えないために、わざと私に一線を引いていたのかと確かめると、祐一郎様が目を閉じて、長く息を吐いた。

「それも、お前は気づいていたのか。……すまなかった、静香。本当は俺も母も使用人達も、お前の事を疎んでいた訳じゃないんだ。むしろ、俺のもとに嫁いできた花嫁として歓迎したかった。だがお前の言う通り、お前を迎え入れる事で、乃江を傷つけるのではと思うと、どうすればよいか分からなかった。……ひとまずは、幼い乃江を優先するしかなかった」

「そうだったのですね」

すまない、と謝る祐一郎様に、私は首を横に振る。

「私の事は、もうお気になさらないで下さい。私の事が嫌いじゃないと分かっただけで、静香は満足です。祐一郎様をはじめ皆様が、乃江ちゃんのお心を守っていたのだと分かると私も嬉しいです」

それよりも、朝になったらすぐに乃江ちゃんと話し合って、互いの誤解を解くようにと進言すると、祐一郎様は微笑んで頷いてくれた。

翌朝、二人の話し合いは上手くいったようで、仕事へ出かける祐一郎様に、乃江ちゃんが元気に手を振っていた。

その様子を見た義母が、心から嬉しそうに、私の手を握ってくれる。

「静香はん。ほんま、おおきに。あの子は両親が亡くなってから、ずっと気を張ってました。それを見ている私らも、ずっと、どうしたらええか分からへんくて……。家の仲を取り持ってくれはった聡明なあんたは、我が家の、『縁結びの神様』え」

その時の、抱き締めてくれるような温かな瞳を見た瞬間。

私は本当の意味で、高峰家に嫁げた気がした。


その後、私は高峰家の人達に積極的に話しかけられるようになり、笑顔で前向きに、嫁としての日々を送れるようになった。

改めて、嫁として迎え入れてくれた祐一郎様や義母、使用人達や乃江ちゃんの存在が嬉しくてたまらない。義母に縁結びの神様だと言われた事も、ずっと心に、温かく残っていた。

感謝の気持ちを込めて、恩返しのために始めた笑顔の毎日だったけれど、笑顔でいれば次第に自分の心も明るくなって、気づけば私は、自然に高峰家に溶け込んでいた。

(そういえば、山本百貨店で働いていた当初の私も、辛い事は沢山あったけれど……こんな風に、頑張っていたわよね)

それに比べて高峰家での生活は、苦労があっても些細なもの。

京都では町のお祭や四季の決まり事が多くて嫁の家事も忙しいけれど、義母からしっかり教えてもらって勉強すれば、すぐに要領よくこなせる。

家事や料理、近所付き合い等で家庭を切り回す仕事と、山本百貨店で店員としてフロアを切り回す仕事は似通ったところがあるという事を、私は高峰家の生活で初めて知った。

（これも勉強。何事も勉強よね。ふふっ。何だか、店員時代に戻ったみたい）

気がつけば私は、祐一郎様や義母に次いで、三番目に高峰家の差配が出来るようになっており、

「静香はほんまに、ええ嫁どすわ。家のしきたりや料理は早う覚えてくれるし、町内への気配りも出来るし。こんな優秀な子は、どこ探してもいてはらしまへん」

と義母が太鼓判を押してくれる。

私はほんのり頬を染めながら、

「いえ……昔の、職業女史だった頃の賜物《たまもの》です」

と謙遜しながら、昔の日々は決して無駄ではなかったのだと、後で一人で、嬉し泣きした。

祐一郎様との仲ももちろん良好で、乃江ちゃんの一件以降、日を追うごとに祐一郎様は私に笑顔を見せてくれる。

「今日は鉄道の線路の様子を見に行ったんだが、こんな事があった」

という風に、その日の仕事について寝室で話してくれるのが日課となった。

「静香をいつか、神戸に連れて行きたいもんやなぁ。今の神戸はとても革新的で、外国の

要人も多く住んでる。西洋の館が並ぶ地区があって、そこは素晴らしい眺めやで」

「そうなのですね。……あの。祐一郎様」

「何だ？」

「今、京言葉になっておいででしたわよ」

「あ。ほんまや」

私に指摘されて、祐一郎様がくっくと笑う。

「静香は、京言葉の俺と、帝都の標準語の俺と、どっちが好きや？」

「どちらも嬉しく思います。柔らかいお言葉遣いも、凛々《りり》しいお言葉遣いも、祐一郎様の魅力です。お好きな方で、静香とお話しして下さいませ」

家族の前、それも、くつろいだ時だけという祐一郎様の京言葉が、私にも向けられたのが嬉しくて。

それでも祐一郎様は、

「静香は帝都の生まれだから、帝都の言葉の方がしっくりくるだろう？　たまに、京言葉になるのは堪忍《かんにん》してや」

という気遣いを忘れず、私を優しく包んでくれる。

やがて祐一郎様は、妻の私にだけ、京言葉と標準語の両方を使ってくれるようになった。

その事が、誰よりも深く結び付いた気がして、幸せだった。

そんな風に、全てが順調に回り始めたある日。

祐一郎様の帰りが少しだけ遅くなる日が続いて、今夜もそうだった。

寝室に入ってきた祐一郎様が、私の前で畏《かしこ》まる。

「もしかしたら静香も、縁談の段階で噂に聞いていたかもしれないが、我が近畿急行鉄道は、第二事業として百貨店経営にも乗り出そうと思う」

それを聞いて、私は目を見開く。

続けて祐一郎様が、

「これはお前が昔……」

と、何かを言いかけて口を閉じ、再び開く。

「ついては第一号店である大阪の店で、お前にも店員になってほしいと思うが、どうか」

私は、一瞬夢かと呆然として、しばらく言葉が出なかった。

「お前が百貨店の店員だった経歴については、もちろん知っている。乃江からも、『お姉様は職業女史だから絶対に役に立つ』と強く薦められた。この邸宅に出入りしている近畿急行鉄道の役員達も、似たような事を俺に進言した。それに、何より俺が、お前の聡明さ、優秀さを家庭での生活を通して知っている。その活躍をもっと広い場でも、見たいと思っているんだ」

どうだろうかと問われ、話の内容をじわじわと理解した私は、涙を流して頭を下げた。

「私がもう一度、百貨店で……？　働けるというのですか……⁉　祐一郎様！　本当に、本当にありがとうございます！　職業女史としての、百貨店の店員のお仕事、誠心誠意、相勤めさせて頂きます……！」

何度もお礼を言うと、祐一郎様がすっと動いて、優しく手を握ってくれる。

「礼を言うのは俺の方だ。お前が昔、俺を」

「え？」

「いや、何でもない。——とにかく、期待しているぞ。どうか高峰家のために、頑張ってほしい」

「はい！」

それから事業は一気に進み、水面下で準備されていたらしい大阪の第一号店・近畿急行鉄道の大阪駅と隣接する「近急百貨店」は、私を含めモダンな制服に身を包んだ沢山の社員達を迎え入れて華々しくオープンした。

開店初日から、交通の便のよさもあって毎日沢山のお客様で賑《にぎ》わい、文字通り事業は大繁盛。

近畿急行鉄道の各駅に隣接する形で百貨店を建て、駅を中心とした都市開発と莫大な利益を狙った祐一郎様は、立て続けに二号店、三号店をオープンさせた。

その手腕は、好景気真っ最中の社会的需要とぴったり合って大当たりし、結果として、近畿急行鉄道だけでなく、高峰家そのものが全国的に名を上げた。

私は社長夫人ではあったけれど、会社が雇った他の社員達と同じ制服を着て、事前にきちんと研修を受けて、各フロアや商品について全てを把握し、各役員や現場責任者の指示に従って、販売や案内に携わった。

結婚前の百貨店経験のおかげで、私には仕事の流れや要領がよく分かり、どんな仕事でも失敗せず、素早く正確にこなす事が出来ていた。

そうして気づけば、社長夫人という立場を抜きにしても、近急百貨店の全社員の中でも一、二を争う優秀な店員として、一目置かれるようになっていた。

「奥様。職人や問屋との、仕入れ値の交渉をお願いしたいのですが」

「外国のお客様のお相手は、奥様にお願いしてもよろしいでしょうか。未熟な私ではとても……！」

と、他の社員達から頼られたり、

「今日は、高峰社長の奥様はいらっしゃるかな？　彼女の見立てで買った祝い膳がとても好評だったので、次は妻の舞踏会ドレス一式を見立ててほしいんだ」

と、上客の代議士が私を指名して、わざわざ神戸からご来店する程だった。

やがて全国の新聞に、近急百貨店だけでなく私自身も「新時代の『職業女史』！」という見出しで紹介されるようになる。

それによって知名度はさらに上がり、百貨店のお客様がますます増えただけでなく、「職業女史」である私に会う事だけを目的に来店する人まで現れた。

その大半は、将来は職業女史になりたいという女学生や、新時代に好意的な人達だったけれど、中には昔ながらの考え方の、職業女史を快く思わない悪質な客もいて、威圧的に私を呼び出して文句を言われる事もあった。

「君が噂の『職業女史』かね。誰も言わないから私が諫言《かんげん》してやるのだが、女が社会に出て働くなど、本当にけしからん事だ。家にいろ！　今すぐ辞めるべきだ。人の仕事を奪っている自覚がないのだよ。身の程知らずも大概にしたまえ！」

そんな言葉を吐かれた瞬間、山本家で言われ続けた「身の程知らず」という言葉に対する心の傷もあって、私の胸が一瞬だけ痛む。

けれど、そんな時に助けてくれたのが、社長として店内を巡回していた祐一郎様だった。

「お客様。我が百貨店にご来店頂きありがとうございます。ですが、何の落ち度もないのに、我が社員、そして私の妻を悪く言うのはやめて頂きたい」

庇《かば》うように私の前に立って、社長として夫として、真っ向から相手と闘ってくれる。

「別に、君の社員に文句を言っているのではない。『職業女史』が悪いと言っているんだ！」

「なら尚の事、その発言を慎んで頂きたい。我々近急百貨店、そして、近畿急行鉄道は、性別や身分で人を雇っているのではない。その者が持つ能力や、才能だけを見て雇っている。『個々の能力発揮や社会貢献こそが、国の恒久なる繁栄に繋がる』のだと、私は思いますがね」

祐一郎様が、力強くそうお客様に諭された時。

私は思わず目を見開いて、顔を上げた。

（私が女学生の頃に書いた、作文と同じ言葉）

それでもまだ、ぶつぶつ文句を言っている悪質な客に、祐一郎様はきっぱり言い放つ。

「あなたはご存じないと思いますが、私の妻は、女学校時代から非常に優秀な成績を収めて、学生弁論大会において聴衆の前で堂々と作文を読み上げた事もあります。その頃から彼女は立派な『職業女史』として、この国の未来を見据えていた。先程の言葉は、彼女の受け売りです。我が社が欲しいのは性別でも身分でもなく、そういう人間です。冷やかしどころか社員に文句を言いに来ただけなら、早々にお帰り頂こう」

祐一郎様の堂々とした態度に圧倒されて、客が捨て台詞を吐きながら、すごすごと退散していく。

「大丈夫か、静香。嫌な思いをしただろう。早く忘れて仕事に戻ってくれ」

私を労《いたわ》って肩をぽんと叩き、従業員用の階段を下りて行った祐一郎様を、私は無我夢中で追いかけた。

「ゆ、祐一郎様！」

「何だ？」

階段の上から呼びかけた私に、祐一郎様が踊り場から驚いたように振り向く。

「あ、あの！　先程はありがとうございました！　それと、どうして昔の私の事を、知っていらしたのですか？　学生の代表で作文を読んだ事なんて、女学校時代の、ずっと昔の事です。ましてや、作文の内容までご存じだなんて」

戸惑いながら尋ねると、祐一郎様がそれはそれは幸せそうに、ふっと微笑んだ。

「――あの時の学生弁論大会に、俺もいたからだ」

「えっ？」

「今回の百貨店事業に静香を入れると決まった際、俺は今一度、静香の経歴をきちんと調べさせてもらった。その時に、全てが分かったんだ」

当時の祐一郎様は、兄夫婦が亡くなった後、士官学校を出たばかりの少尉のまま高峰家と会社を継いで、幼い乃江ちゃんも引き取ったばかりで、途方に暮れていたという。

「要は全てが、俺の肩に圧《の》し掛《か》かっていた。慣れない鉄道会社の経営に、軍人としての仕事。引き取った乃江との関係もぎこちない。それを誰にも話す事が出来ない。弱みを見せられない。苦しい日々だった。亡き兄に比べて自分の経営力のなさを痛感する毎日で、悩んで塞《ふさ》ぎがちだった」

そんなある日、軍の上官に誘われて出席した女学校の学生弁論大会で、祐一郎様は、壇上で読み上げた一人の少女の作文に感銘を受けたという。

「それが静香。お前だ。お前が読み上げた職業女史についての作文……『国民全体の、個々の能力発揮や社会貢献こそが、国の恒久なる繁栄に繋がるのであります』という内容と、それを読むお前の表情は、星のように輝いていた」

将来の仕事に夢を見てひたむきに学び、生きる少女の姿に、祐一郎様は背中を押された。

「その日から俺は、今までの悩んでいた自分を捨てて、今の自分には何が出来るだろうと考えた。そうして思考を明るく変えると、次第に道も開けていった。鉄道の近くに百貨店を置いて都市開発という事業を思いついたのも、あの時の作文を聞いたからだ」

ゆえに高峰家は、百貨店経営者の娘との縁談を望んでいたという。

「残念な事に、当時は調べる時間がなくて、静香の事は名前すら分からないままだった。それでも、あの時のお前の存在は、名も知れぬ『星の子の君』として、俺の中でずっと生きていた。望まぬ相手と結婚するのが常な世だ。たとえ結婚した相手がその子でなくとも、

『星の子の君』は、俺の仕事と人生を支えるお守りとして、心にしまっておこうと思って花嫁を迎えたんだ」


そうして祐一郎様に嫁いできたのが、私。

あの時、祐一郎様の背中を押した、星の子の君その人だった。


まさか本当に、俺に嫁いでくれるとはなぁ。

調べて分かった時は、最高に嬉しかったんやで。

笑顔で語る祐一郎様を前に、気づけば私は、両目から涙がこぼれて止まらない。

「あの時の、私の夢や努力が、祐一郎様を支えていたのですね……」

「そうだ。そして、今もだ。――今の俺の夢は、鉄道事業と軍との結び付き、そして百貨店経営を通しての社会貢献だ。この国をよりよく、より豊かに、そして世界に誇れる姿にする事だ。そのためには、絶対にお前の力が必要なんだ」


どうかあの日の、夢の続きを見せてくれ。

「星の子の君。誰よりも素晴らしい『職業女史』。――静香」

祐一郎様がそっと両手を広げたので、私は階段を駆け下りて、その胸に飛び込んだ。

これからはずっと、職業女史として、強く生きていきたい。

祐一郎様や高峰家と共に、夢を見ていきたい。

私が泣きながら何度もお礼を言って抱き締めると、祐一郎様も寄りかかるように、力強く私を包み込んでくれた。

「礼を言うのは俺の方だ。お前が昔、その存在と輝きで励ましてくれたからこそ、今の俺があるんだ。本当にありがとう。静香の事を、心から愛している。これからも妻として、そして『職業女史』として、俺の会社や俺の家、そして俺を、よろしく頼む」

「はい……！　何があっても、私にお任せ下さいませ！　私も、祐一郎様や皆様を、心から愛しております」

この時、私達は気づいていなかったが、様子を見にきていた会社の役員達が、階段の上からそっと、温かい目で見守ってくれていたという。

「社長のもとに素晴らしい方が嫁いで下さって、本当によかったですね」

「全くだ。ぜひ永劫、社長の右腕となって我々を牽引して頂きたいものだ。……それにしても。奥様は確か、帝都の山本百貨店で働いて、捨てられるように辞めさせられたらしいな。全く、こんな稀有な人材を手放すとは。向こうはどういう感覚でいるのやら……。山本家の目はよほど曇っているらしいな。ま、長くは持つまい」

この役員の言葉は的中し、私と祐一郎様、そして、高峰家が着実に成長していた一方で、恵子やお父様をはじめ山本家は、見事な没落の一途を辿っていた。

四

何よこれ。

どういう事よ。

一体、どうしてこうなったのよ⁉

三島造船会社の次男・益男様と結婚して、邪魔な静香は追い出して。

私は最高の人生を歩むはずだった。

上流階級の者として、歴史に残る「職業女史」となるはずだったのに！

お父様の力によって、目も眩《くら》むような豪勢な結婚式を挙げた後。

いざ蓋《ふた》を開けてみれば、婿入りした益男様は、本当に苦労知らずのお坊ちゃまだった。

自分が継ぐはずのお父様の仕事は、与えられた量の半分もこなせなかった。

渉外も事務も全くダメ。すぐに手を抜いて適当な仕事しかせず、得意先との予定を忘れて遊びに行く事もあった。そのせいで建設や仕入れが滞って、山本百貨店の二号店オープンの計画が潰れてしまった。私は、二号店の女支配人となる夢が消えたので落ち込み、お父様やお母様の落胆ぶりも、見ていられなかった。

益男様自身は、自分の落ち度を反省するどころか、モダァンに街を歩く事こそが僕の役目なのだと言い切って、私以外の女や学生時代からの友人といった取り巻きと一緒に遊んでばかり。

うちの百貨店に来て、七階の大食堂で食事する事も多かったから、貴賓テーブルの前でどれだけ夫婦喧嘩したか分からない。

「益男様！　その女達は何なの⁉　私という妻がありながら！」

「何とは失礼な！　立派な友人さ！　今時はね、男女の友人同士で遊ぶのだって普通なんだよ。それよりも恵子。追加のお菓子を持って来てよ」

「何で私が⁉」

「ここは君の百貨店じゃないか」

「婿入りした、貴方の百貨店でもあるのよ！」

怒鳴り合っていると、大食堂にいた他の客達がうるさそうに席を立ち、店から出て行く。

その中にいた女性二人組の客の片割れに気づいた私は、さっと青ざめて駆け出した。

「あっ……⁉　あの、帝都新聞社の奥様⁉」

「ごきげんよう、恵子さん。あなたすっかり私の顔などお忘れだったようね。私は今日、友人とここの貴賓テーブルに着きたかったのだけれど、貴女の夫が座っていたから仕方なく他のテーブルに着いたのよ。あそこは、今やご家族の優先席なのね」

以前、パラソルを買ってくれた帝都新聞社の奥様は、呆れた顔ですたすた去ってゆく。

「た、大変申し訳ございません！　気づかなかっただけで、分かればすぐにお通ししましたのに……！」

「気づかなかった？　ここは貴女の職場ですのに？　客の事などまるで見ていなかったのでしょう？　上客である私の事さえ分からなかったなんて、至らぬ証拠です」

「そ、そんな！　あっ！　もっ、もし、もしよろしければ！　先日素敵なショールを仕入れまして」

「結構よ」

鋭く険しい顔で、奥様はぴしゃりと私を遮《さえぎ》る。

「押し売りはやめて頂戴。いつ私が、ショールが欲しいなんて言ったのかしら。それに今の時期は、ショールの要る気温ではありません。季節の事すら分からないのね」

大袈裟に溜息をついて、奥様は追いすがる私を置いてエレベーターに乗り込んだ。

「あの子がいてくれたら、こんな不快な思いはしなかったのに。あの子は貴女と違って、私や客の事をちゃんと見ていたわ。前に選んだパラソルは、ずっとお気に入りなのよ」

そんな捨て台詞を残して、この上ない不機嫌な顔をして、一階に降りて行った。

残された私は、奥様の言葉を反芻し、怒りで胸中がぐつぐつ煮える。

（あの子。あの子って……。まさか、静香……⁉）

その後、私は我を忘れて、貴賓テーブルでケーキを食べる益男様に何を言ったか、何を投げ付けたのか、よく覚えていない。テーブルの上の料理や菓子、紅茶やソーダ水等を全部ひっくり返した事だけは何となく覚えている。

そういう日々が積み重なって、大食堂の雰囲気はどんどん悪くなり、上客達からの苦情に繋がったらしい。

苦情なんて下の者が何とかすればいいと思うし、状況が悪いなら何とかするのも下の者の役目だと私は思うのだけれど。

ある店員が、私や益男様に向かって、

「せめて一日だけでもいいので、店内で遊んだり喧嘩をなさるのはおやめ頂けませんか。百貨店は、お客様のための場所ですので」

と苦言を呈しながら頭を下げた。

同席していたお父様は即座に杖で叩いて、私も手近にあった商品の箱を投げ付けてやった。隣にいた益男様も「雇われ人の分際で！」と怒鳴った。

——すると。

頭を上げた従業員の表情は、恨みたっぷりに、私達を睨みつけていた。

「これは、立派な暴力ですよ。今まで散々我慢しておりましたが、もう許せません。私はこの時を限りに、山本百貨店を辞めさせて頂きます。今は個人だって、権利を行使する時代だ」

私達はすぐにその従業員を追い出して、お父様はあらゆる圧力をかけて奴がどこへ行っても仕事が出来ないようにしてやると息巻いた。

「そうよお父様！　やっちゃって！　あんな身の程知らず、どこかで野垂れ死ねばいいのよ！」

今まで通り、お父様の圧力によって、その従業員は病んで郷里に帰るか、本当に貧しく死ぬのを恐れて、土下座してまた私達に雇われに来るのだと思っていた。

ところが。

その従業員は出版社に再就職して、労働者の権利と個人の尊重を誌面で叫ぶようになった。「某店」と名前は伏せられていたが、明らかに、山本百貨店の経営陣の無能さを書いていた。

「お父様！　これはどういう事⁉　お父様の圧力で、あいつの新しい仕事先は全部阻んだのではなかったの⁉」

「出版社にも根回ししたさ。それが……」

気がつけば、私達の知らない間に世の中は変わっていて、労働者の力が強くなるのに比例して、お父様や山本百貨店の権勢は衰えていた。だから圧力も行き届かなかった。

そうして時代が新しくなっても、益男様が売り場に立つ事はもちろんないし、お父様だって「これで今まで上手くいっていた」と胸を張って、商売のやり方を変える事はしなかった。

私だって、下の者に仕事を押し付けて、自分も今まで通り華やかな生活を送っていた。前までは静香に全部の仕事を押し付けて、それで上手くいっていたのに。

私から仕事を恵んでもらえた新しい店員達は、何かを持ってこいと命じても遅いし、お客様への説明が足りずに商品を買ってもらえなかったりと、あまりにも無能だった。

「私が駄目なのではありません！　静香様が優秀すぎたのです！　お客様は皆、もういない静香様と私達とを比べます！」

私が、仕事が遅いと怒鳴って店員達を罵ると、下の者達は皆そう言って泣き言を垂れた。

「この百貨店は、静香様が販売に倉庫管理に仕入れにと、陰で切り回していたからこそ、質の高い接客や品揃えが保てていたのです！　社長やお嬢様はどうして、静香様を辞めさせたりなさったのですか！」

そう言って静香をここに戻してくれと懇願したものだから、私はフロアに客が沢山いたにもかかわらず、店員を怒鳴って店を追い出して、そのまま何人か辞めさせた。

それを見て自主的に辞めていった店員も、十人以上いた。

気づけば山本百貨店は店員も客も減っていて、売上が激減したらしい。お父様や役員達が頭を抱えていたが、私は店の中が何か寂しくなったわと思いつつ、別段気にしなかった。

だってそれ、私の仕事じゃないもの。

社長令嬢として華やかにフロアに立つ事だけが、私という「職業女史」の仕事だもの。

その直後に、世界的な社会情勢によって大和帝国の軍縮が起こり、山本百貨店だけでなく夫の実家の三島造船会社までもが斜陽の一途を辿った。

この辺りでついに、お父様も私を叱るようになって、

「お前も社長令嬢なら、俺と一緒に商売の立て直しを考えたらどうなんだ⁉」

と荒々しい声を上げて、お母様まで一緒に私を責め始めた。

お父様が憔悴《しょうすい》した顔つきで私に平手打ちを食らわせた日は、さすがに衝撃を受けて真っ青になった。

（何よこれ⁉　暴力なんて、私じゃなくて静香みたいな『下の身分』の人間が受ける仕打ちでしょう⁉）

上流階級の私でさえ、こうなのだから。

今の世ではさぞかし静香も苦労しているに違いないと思って、何とか、何とか静香を見下して、ほくそ笑んでいた矢先。

従業員用の階段にもたれかかって新聞を広げた私の目に飛び込んできたのは。

〈時代の『職業女史』！〉

という、見出しの記事。

モダァンな制服に身を包んだ静香が百貨店で、今を時めく「職業女史」として、夫である社長の高峰祐一郎と並び、華々しく働いている写真が載った記事。

それを読んで、私は全身がわなわな震え出す。

「こ、れ、は」

高峰祐一郎は益男様に劣らず見目麗しい。加えて、少尉の地位を持ったまま経営の手腕を発揮した事から「実業家将校」と呼ばれているという。

「こん、な……」

「あ、それ。君の腹違いの姉の記事？」

いつの間に来ていたのか、後ろから益男様が私の背中越しに新聞記事を読んでいる。

「益男様……」

「凄いなぁ。客に大人気の『職業女史』かぁ」

益男様が、明らかに私ではなく静香に熱い目を向けていて。

「……やっぱり、こっちと結婚したかったな」

という、ぽつりとした声を聞いた瞬間。

「あんただって、顔以外は何もないじゃない！」

私は怒りで頭の中が真っ白になって、益男様を階段から突き落としていた。

結果、益男様は入院する大怪我を負って、実家の三島家が激怒して益男様を連れ帰り、向こうから絶縁状が届く形で私は離縁された。

それを見計らっていたかのように、三島造船会社が軍縮による業績悪化に耐え切れず倒産。山本百貨店も、店員達の退職と客の激減を止められず、各所から融資を打ち切られて、倒産してしまった。

静香が嫁いでいってから、僅か二年足らずの事だった。

＊

「――今日もよく働いたわ。皆さん、本当にありがとう。お疲れ様でした」

「はい！　奥様！　こちらこそありがとうございました！　社長によろしくお伝え下さい！」

「ええ。任せて」

近急百貨店の社員達と、仕事終わりの挨拶を交わす。

この日も無事に百貨店を閉めた私は、見送ってくれる社員達に手を振った。

（すっかり日が沈んでいる。早く帰って、祐一郎様のお顔が見たいわ。そうだ。乃江ちゃんとも、昨日から新聞で始まった連載小説の話もしないと……！　あぁ楽しみ）

あれこれ想いを馳せながら、足を速めて帰路に就いた時。

人通りの少ない道に入った私は、見知らぬ男達数人に捕まった。

抵抗する暇もなく、あっと言う間に口を塞がれて目隠しをされて縛られる。

そのまま大きな布らしきもので包まれて人力車らしきものに押し込まれ、やがて列車に乗せられて、どこか遠い場所へと攫《さら》われた。

（何⁉　誰⁉　一体何があったの⁉）

訳が分からぬまま運ばれた先は、大きな屋敷らしい場所。

どさっと床に転がされると、私を攫った人達が、誰かから金銭を貰ったらしい気配を感じた。

「へへへ。どうもどうも」

下品な笑い声と共に、去ってゆく足音。

直後に感じた床の匂いに、微かな覚えがあった。

（まさか、ここは……⁉）

青ざめていると、誰かが私の目隠しを強引に取る。

突如、視界に入って来たのは、至る所に「差押サエ」の札が貼られた山本家の邸宅。窓が全て塞がれているので薄暗い。今が何時か、攫われてからどのくらい経っているのかも分からなかった。

そして、私の前に立って、見下ろしているのは。

世にも恐ろしい、常軌を逸した目で睨みつける実の父と恵子だった。

恵子が私を引っ掻くように、口を塞いでいた縄を取る。

「け、恵子、お父様……」

家中が差し押さえられている状況から、山本百貨店と山本家、そして恵子達が今どんな状況なのか、私には凡《おおよ》そ察しがついた。

「私を攫ったのは、あなた達なの⁉　私を、どうする気なの……⁉」

震えながら訊くと、恵子が目を見開いて私の髪を引っ張る。

「何もかも、あんたのせいよ⁉　この家中の！　『差押サエ』の札を見れば分かるでしょう⁉　あんたがいつまでも身の程知らずで！　幸せになんかなるから！　そのせいで私達は破産したのよ⁉　私は離縁されたのよ⁉　あんたをここへ連れてくる奴らの金だって、お父様が無理矢理、私のものを全部売って……っ」

何であんたばっかり栄光を摑むのよ！　下の身分のくせに！

そう叫んで恵子は私を殴ったが、縛られているせいで逃げられない。

「恵子、やめて……！　やめて頂戴！」

「昔みたいにお嬢様って呼びなさいよゴミがっ！」

喉を裂くような甲高い声と同時に、私は再び床に転がされた。

顔を上げると、今度は父親が、いつの間に持っていたのか火箸《ひばし》の先を私の目に向けている。

「ひっ……⁉」

「静香、静香ァ……。お前が、お前だけが頼りなんだァ……。うちの百貨店と、うちを立て直せ……、でなければ、殺す……」

「そうよ静香！　お父様に殺されたくなければ、今すぐ高峰祐一郎と離縁してうちに戻りなさい！　そしてもう一度、私やお父様の元で働くのよ！」

「そうだ、静香！　もう一度、うちで働け！　俺達のために……っ！」

父親も恵子も、百貨店が倒産して、家が差し押さえられて、すっかりおかしくなっていた。継母の姿が見えないが、今どうなっているのかは考えたくない。

私が嫁いだ後の山本家は、完全に落ちぶれていた。

そしてそれを、私が働いて立て直せと、何とかしろと言っているのである。

従わなければ目を潰す、殺すと脅されて。

(怖い……！　嫌……！)

私は恐怖のあまり震えが止まらず、両目は涙が滲んだ。

(でも、でも……！)

祐一郎様と離れて山本家に戻るのは、もっと嫌。

極限の脳裏に浮かんだのは、最愛の夫・祐一郎様の笑顔と背中、そして、語ってくれた夢。

「……私は……あなた達の元には、参りません」

「ハァ？」

「他者を見下し、自分達の利益しか見ない山本家には、絶対に戻りません！　私は、よりよい世の中にするために働く高峰祐一郎の妻。そして、自らの力で人生を切り開く『職業女史』です！　あなた達に搾取《さくしゅ》される人間じゃない！」

たとえ、そのために殺されようとも。

決意して叫び、二人を拒絶した瞬間。恵子が私を押さえつけて、父親が火箸で刺そうとする。

もう駄目だと思った私が両目を閉じて顔を背けた、その時。

父親の背中越しに銃声がした。父親が呻き声を上げ、火箸の落ちる音がした。

目を開けると、この部屋になだれ込んでくる軍人数人と警察官、拳銃を構えた祐一郎様が凛々しい瞳で立っている。

よほど急いで私を助けに来てくれたのだろう。軍服がかなり乱れているが、それを全く気にせず祐一郎様は父親と恵子を見据え、そして一瞬、私を愛おし気に見る。

「祐一郎様……！」

「何故だ⁉　関西から帝都へは、どう頑張ってもまだ……！」

驚愕する父親や恵子を押しのけて、私は縛られたまま祐一郎様のもとへ飛び込む。

祐一郎様も私をその胸に抱き留めて、雷のような怒号を二人に落とした。

「陸の移動で俺に勝てると思ったか！　汽車の網を駆使すれば、お前らに追い付くなど容易《たやす》い！　人の妻を拉致し、あまつさえ殺そうとした罪はきっちり償ってもらおう！」

祐一郎様の命令で、部下の軍人と警察官が二人を取り押さえる。

恵子は最後まで叫んで抵抗していたが、やがて警察に引きずられるように連行されていった。

「静香、大丈夫か⁉　怪我は⁉」

「少しだけ恵子に殴られましたが、平気です。ありがとうございます」

私の縄を切った祐一郎様が、宝物を扱うように肩に手を置く。

二回ほど私の肩や背中を撫でた後、しっかりと抱き上げて部屋を出た。

「あのっ！　私なら本当に大丈夫です！　一人で歩けますから」

「分かっている。だが……。お前一人に怖い思いをさせて、闘わせた償いをさせてくれ。すまなかった。この部屋へ突入する時、お前の叫びが廊下まで聞こえた。殺すと脅されても俺の妻だと言ってくれて、ありがとう。自らの力で人生を切り開く『職業女史』は本当に素晴らしいものだが、長い人生、一人きりでは限界があるだろう。こうして時折、俺が抱いて支えるから」

だから二人で、皆で、世界を切り開こう。

温かで、まっすぐな祐一郎様の眼差しと言葉を受けて、私は笑顔で頷いた。

祐一郎様に横抱きされて山本家の玄関から出ると、私の顔に、清々しい太陽の光が射す。

「綺麗……」

何だか生まれ変わったような気持ちでいると、祐一郎様が私を下ろして、私の顎に手を添えて上げた。

「無事でよかった。今度こそ、絶対に離さないからな」

俺の永遠の、星の子の君よ。

愛していると囁かれて。

私は祐一郎様に、深く口づけされた。


その後、私と祐一郎様は、最初の式で祐一郎様が遅参した事を理由に、結婚三年目のパーティーを近急百貨店の宴会場で行った。

その発案者は私で、百貨店のさらなる利用価値と可能性を考えての試験運用も兼ねていた。

もちろん結果は大成功で、百貨店業界と婚礼業界との繋がり、流通がさらに深まった様子を見た祐一郎様が、

「やはり静香は、帝国随一の『職業女史』だな」

と、関西経済界の大物らしい不敵な笑みで、同時に子供のように、嬉しそうに褒めてくれた。

その日以降も、私は元気に百貨店の売り場に立ち続け、夫・高峰祐一郎や家族と共に、幸せな生涯を全うした。

約百年後も健在の近畿急行鉄道、および近急百貨店の生みの親として。

そして何より、当時を生きた「職業女史」として。

私の名前は夫と共に、大正時代に関する書籍やインターネットの百科事典にも載るようになった。

あの世まで聞こえてくる話では、来年の春頃に「帝都・大正の職業女史《モダンガール》」という、私がモデルのドラマも放送されるらしい。

楽しみだな、と、あの世で百貨店のカタログを読む私の横で、祐一郎様が笑った。

朱雀が紡ぐ恋

卯月みか

離れの座敷に敷かれた布団に横になり、寶田雛子《たからだひなこ》はぼんやりと雪見障子の硝子越しに、庭で跳ねている雀《すずめ》を眺めていた。

今日はうららかで気持ちのよい気候なのに、体調の悪い雛子は外に出ることができない。

雛子は生まれた時から、心の臓が弱かった。少し動くだけで息切れがして、ひどい時は発作を起こす。医者からは、いつ死んでもおかしくないと言われ続けてきたが、どうにかこうにか、十二歳になる今年まで生き長らえてきた。

庭の向こうにある母屋の前では、一歳年下の妹、妃梨華《きりか》が、今年十五になる幼なじみの豊永宗周《とみながむねちか》と共に、猫と遊んでいる。

(私もあのように外で遊べたらよいのに)

宗周は、父の利実《としみつ》が懇意にしている、寶田家と同じ子爵の称号を持つ豊永家の次男だ。幼い頃から寶田家に出入りしており、一時期は、離れに籠もりきりの雛子を心配し、様子を見に来てくれたこともあったが、今はあまりこちらに顔を見せず、妃梨華とばかり会っているようだった。

家族以外の唯一の繋《つな》がりだった宗周に、雛子はほのかな恋心を抱いていたので、彼に忘れられてしまったのだろうと思うと、少し切ない。

（こんなに病弱な私よりも、健康で明るい妃梨華と一緒にいたほうが、きっと宗周様も楽しいに違いないわ……）

悲しい気持ちで伏せっていると、妃梨華の猫がこちらに向かって走ってきた。あっと思った時には遅く、猫は雀に飛びかかり、その体を咥《くわ》えた。

雛子は慌てて起き上がると、布団から出た。雪見障子を開けて縁側で下駄を引っかけ、庭に降りる。

「猫ちゃん、駄目よ！　その子を放してあげて」

必死になって猫に呼びかけ、雀を放すように手を伸ばすが、猫は気にした様子もなく、ひらりひらりと動いて雛子を翻弄《ほんろう》する。雛子と追いかけっこをしているつもりなのかもしれない。

「雀さんが可哀相でしょう？」

猫に追いつくことができず、雛子の息が上がってくる。苦しくなり、その場に膝《ひざ》をついて胸を押さえながらも、

「お願い、放してあげて……」

と訴えた時、

「まる！」

と、飼い猫を呼ぶ妃梨華の声が聞こえた。妃梨華と宗周がこちらに駆けてくる。

「まあ、あなた、お姉様にいじめられていたの？」

妃梨華は、発作を起こしかけている雛子を見て、眉《まゆ》をひそめる。

「毎日寝てばかりでつまらないからって、私のまるをいじめて気晴らしをしようだなんて、ひどいお姉様！」

雛子を気遣うでもなく言い放った妃梨華は、まるの咥えた雀を見て仰天した。

「そんな汚い鳥、離しなさい！」

まるは飼い主に怒られたと思ったのか、その場にぽとりと雀を落とすと、妃梨華が屈《かが》んで広げた腕の中に飛び込んでいった。

妃梨華が「おお、よしよし」とまるの頭を撫《な》でる。

「行きましょうね、まる」

まるを抱いて去っていく妃梨華と雛子を交互に見た後、宗周は迷うように雛子に近付いてきた。

「雛子ちゃん、大丈夫？」

「宗周様」

宗周と話すのはいつぶりだろう。嬉しい気持ちで彼を見上げると、宗周は気の毒そうな表情を浮かべながら、雛子を見下ろした。

「今も体が悪いんだね。女中を呼んでくるから、君は部屋に戻っておいで」

それだけを言うと、宗周も妃梨華を追っていってしまった。

一人取り残された雛子は、胸を押さえて深呼吸を繰り返した。

まだ苦しいが、それよりも、猫に襲われていた雀が心配だ。

猫が落としていった雀のもとへ近付き、そっと手のひらに取り上げると、幸いにも雀は生きていた。羽をばたつかせているが、命に別状はなさそうだ。

「よかった……」

雛子は雀をそうっと両手で包み込むと、なんとか自室へと戻った。

宗周が呼んだのか、しばらくして雛子付きの女中がやってきた。タツ江という名の若い女中は、青い顔をしている雛子と手の中にいる雀を見て、眉間《みけん》に皺《しわ》を寄せた。

「また発作を起こされたのですか、雛子様。大旦那様がいつもあれほど、おとなしくしているようにとおっしゃっているのに、まさかその汚い鳥を拾うために、庭に降りたのではないでしょうね？」

「この子が怪我をしていたので……」

妃梨華の猫に襲われていたのだと言うと話がややこしくなると思い、雛子は、詳細は伏せて答えた。

「この子に何か食べさせてあげたいのですが……」

「餌《えさ》ですか？　鳥にあげるようなものは、何もありませんよ。ほら、早く薬を飲んでください」

ぶっきらぼうに渡された水と薬を、雛子は素直に飲み込んだ。

「私もお掃除や炊事で忙しいのですから、そうそう簡単に発作を起こさないでくださいまし」

タツ江からキツい言葉をかけられて、雛子は小さくなりながら「はい」と答えた。

タツ江が部屋を出て行くと、雛子は、湯飲みに飲み残しておいた水を手のひらに取り、雀の口元に持っていった。雀が可愛らしい音を立てて水を飲む。

「ご飯の時間になったら、お米の粒もあげられると思うわ」

食べようと食べまいと、雛子の体は日に日に弱くなる。いつ死ぬかわからないのだから、食事をする意味もない。そう思っていたのに、今日ほど、早く食事の時間になるようにと願ったことはないかもしれない。

雛子は父、利実の言葉を思い出した。

「寶田家の長女として生まれたくせに、お前は出来損ないだ。そんな体では、いつ死ぬかわからない。婿《むこ》を取って、子をなすこともできんだろう」

（私は、家のために結婚もできない親不孝者……）

一年前に亡くなった母はお嬢様育ちで、病弱な雛子に手を焼き、子育ては全て乳母《うば》に任せた。妃梨華が生まれると、両親の愛情は全て妃梨華に向いた。

この家で雛子を気遣ってくれるのは、祖父の公一郎《こういちろう》だけだった。祖父は時折、離れで生活する雛子のもとに様子を見にきてくれる。祖父と語らう時間は、雛子にとって唯一の楽しい時間だった。

「儂《わし》の友人の国島《くにしま》が、渡航帰りの腕のいい医者を探してくれたんだ。その人に、雛子の手術をしてもらえるよう依頼するつもりだよ。雛子は絶対に元気になる。心配しなくていいからね」

祖父は、昔なじみだという友人に頼み、優秀な医者を紹介してもらったと言っていた。

「手術をすれば元気になれるのかしら。お父様のお役に立つように、結婚することもできるのかしら……」

寶田家は華族とはいえ、財産が少ない。高額な雛子の手術代を捻出するのは大変だろう。成功するかどうかわからないのに大金を支払ってもらうのは、優しい祖父に申し訳ない。それに、雛子自身、手術に対する恐怖もあった。

（欠陥品の私なんて、早く死んだほうがいいのよ。そうすれば、お祖父様やお父様に迷惑をかけなくてすむ）

そうは思えど、今、手の中で懸命に生きようとしている雀を見ていると、死を願う自分が恥ずかしく思えた。


小さな籠に端切れを詰めて柔らかな巣を作り、雛子はそこに雀を入れた。

離れに運ばれてくる食事から、雛子は雀に米粒を与え続けた。数日もすると雀は回復し、雛子の部屋を元気に飛び回るようになった。

「もうこれで、外の世界に帰れるわね」

雛子は満足すると、雪見障子を開けた。

「さあ、お行き。あなたの世界にお帰り」

優しく促したが、雀は雛子の肩に降りてきて「なんでそんなことを言うの？」と言うように不思議そうな顔をしている。

「あなたには翼があるのだから、ここを出て、好きなところへお行きなさい」

動かない雀を指に乗せて、雛子は縁側に歩み出た。

「さあ！」

腕を伸ばして声をかけると、雀は名残惜《なごり》しそうにしながらも飛び立ち、空へと消えていった。

小さな姿が見えなくなると、雛子はぽつりとつぶやいた。

「私にも翼があればいいのに……」

自分もあの子のように空を飛べるのなら、好きな場所へ赴《おもむ》き、様々な景色を見てみたい。たとえ体に負担がかかって死んでしまっても、この離れに閉じこもり、外の世界を知らないまま一生を終えるよりも、そのほうが何百倍も素敵だ。

「雀さん、いつか私のもとへ戻ってきたら、あなたが見てきた世界のお話を聞かせてちょうだい」

無理な願いだ。飛び立った小鳥は戻らない。人間の言葉など話せない。

夢のような願い事だと思いながらも、雛子は、助けた雀が戻ってきて、雛子の見たことのない世界について教えてくれる空想に耽った。

タツ江が運んできた昼餉《ひるげ》をとった後、雛子は文机《ふづくえ》に向かった。今日は体調がいいので、引き出しにしまってあった書物を取りだす。

栞《しおり》を挟んでいた頁《ページ》をめくると、綴られた文字を目で追った。

「『江戸の町はシジンソウオウの土地につくられた』……」

雛子が読んでいるのは、帝都に関する伝承を纏《まと》めた本だ。眉唾物《まゆつばもの》の話から、真実味のある話まで、様々な短編が掲載されていて、なかなか面白い。

雛子は尋常小学校もろくに通えていないが、「寶田家の長女として学をつけさせてやりたい。何より、なかなか外に行けない雛子に学問の楽しさを教えてやりたい」という公一郎の思いもあり、公一郎自ら雛子に文字や勉強を教えてくれている。

そんな祖父の気持ちに応えたいと、雛子は公一郎の所蔵本を借りて自習をするようにしていた。公一郎が持っている書籍は、古典や哲学書、経営学書など、難しいものばかりなので、時々、行商の貸本屋から易しい本を借りている。

「ええと、『シジンとは、東《ひがし》のセイリュウ。西の』……シロトラ？　『北の』……これはなんて読むのかしら。『南の』……シュ、シュ……」

読み方がわからず詰まっていると、

「朱雀《すざく》」

背後から声が聞こえて、飛び上がりそうになった。

「だ、誰っ？」

慌てて振り向くと、いつの間にか縁側に、一人の青年が腰掛けていた。

彼の姿を見て、雛子は息を呑んだ。銀朱《ぎんしゅ》の髪に、赤い瞳、目元は涼やかだが色気がある。薄く形のいい唇の端を僅《わず》かに上げて微笑んでいる彼は、この世の者とは思えないほど美しかった。

「あ、あなた、は」

驚きのあまり声が出ない雛子に、青年は柔らかな声で話しかけた。

「失礼する。俺の仲間を助けてくれた君に、お礼を言いたいと思ってやってきた」

「お礼？」

青年は懐《ふところ》に手を入れた。心当たりなどなく、首を傾《かし》げている雛子に向かって、その手を差し出す。

「まあ！」

青年の手のひらに載っていたのは、一羽の雀。今朝飛び立って行った雀だと、すぐにわかった。

「この子から聞いた。猫に襲われたところを、君が助け、怪我の手当てもしてくれたのだと。ありがとう。人語をしゃべれないこの子の代わりに、礼を言う」

雛子は文机のそばから縁側へと移動した。彼のほうを向いて正座をし、お辞儀をする。

「私は、寶田雛子と申します」

「雛子か。いい名だ。俺は千隼《ちはや》という」

「千隼……さま。千隼様はこの子の飼い主なのですか？」

「飼い主というわけではない。俺は世の鳥たちを見守る存在。だが、今回は俺の目が行き届かず、この子に怪我をさせてしまった。君がいなければ、この子は死んでいただろう」

「たいしたことはしておりません」

「君の存在が、一つの小さな命を救ったのだ」

謙遜する雛子の顔を、千隼はじっと見つめている。

蠱惑的《こわくてき》な赤い瞳にどぎまぎし、雛子は視線を逸《そ》らした。

ふと、疑問が浮かぶ。千隼はどのようにして、寳田家の敷地内の奥まった場所にある離れにまでやってこられたのだろう。

「千隼様はお祖父様かお父様のお知り合いなのですか？」

不思議な顔をしていると、千隼は「ふふ」と笑った。

「君の祖父も父も知らない。俺がどうやってここへ来たのか気になるのか？　――飛んできたんだ」

意味がわからず首を傾げた雛子に、千隼は内緒話をするように囁いた。

「俺の正体は、空を駆け帝都を守る、南の朱雀だ」

「スザク……シジンの朱雀様？」

きょとんとしている雛子を見て、千隼の目がいたずらっぽく細められる。

「信じられないか？」

「い、いえっ」

千隼は雛子に微笑みかけると、袖の中から何かを取りだした。

「君の時間をいただいたお礼に」

銀朱に輝く鳥の羽根を差し出され、雛子は目を瞬《またた》かせた。

「もしやこの羽根は……」

「俺の羽根だ。お守りになる」

千隼は雛子の手を取り、羽根を握らせた。

縁側から立ち上がった千隼に向かって、雛子は思わず叫んだ。

「千隼様！　また、お会いできますか？　私、もっと千隼様のお話を聞きたい」

「俺の話？」

千隼が振り返り不思議そうな顔をする。雛子はもじもじしながら続けた。

「私、体が弱くて、ほとんど邸《やしき》から出たことがないのです。外の世界のお話を聞いてみたくて」

千隼は少し考えるようなそぶりを見せた後、「わかった」と頷いた。

「雀を助けてくれたお礼だ。雛子に外の話をするために、また来よう」

次の瞬間、千隼は銀朱色の鳥へと変じて、空へ飛び立っていった。

「朱雀様……千隼様」

雛子は自分の頬を叩いた。痛い。

夢を見ていたわけではない証拠に、この手には千隼の羽根が残っている。

「綺麗」

美しい銀朱の羽根に目を細め、うっとりと眺めた後、雛子は大切に文机の引き出しにしまった。


それから数日して、千隼は約束通り、雛子を訪ねてきた。

本を読んでいた雛子は、コンコンと硝子が鳴る音に気付いて振り返った。銀朱色の鳥がくちばしで硝子を叩いている。

急いで立ち上がり、雪見障子を開けて外に出ると、縁側に留まった鳥は千隼の姿へと変じた。

「やあ、雛子」

「千隼様！　こんにちは」

雛子は、再び千隼に会えた喜びで満面の笑みを浮かべた。

「約束通り、君に外の話をしに来た。座ってもいいか？」

「もちろんです」

縁側に腰掛けた千隼の隣に、雛子も正座をする。

「体の具合はどうだ？」

「今日は元気です」

「ならばよかった。――外の話といっても、雛子は何が聞きたいのだろう」

考え込む千隼に、雛子は、

「街の様子が知りたいです。銀座はとてもおしゃれなのだと、妹や使用人が話しておりました」

と、目を輝かせて尋ねた。

「あそこは洋風の建物が多いから、おしゃれといえばそうか。店も多くて、ショウウィンドウには流行の品々が飾られている。確か銀座を散策することを『銀ブラ』と言うのだったか」

「『銀ブラ』？　ぶらぶらするからですか？」

面白い言い回しに、雛子はくすくすと笑った。

「では、浅草はどんなところですか?」

「浅草では浅草寺《せんそうじ》が有名だな。浅草公園は大道芸や見世物で賑《にぎ》わっている。凌雲閣《りょううんかく》という高い塔もあるぞ。十二階建てだから、見晴らしがいい」

「十二階建て……とても高いですね。きっと帝都中が見渡せますね。いつか私もその塔に上ってみたい」

思わず本音が漏れ、慌てて口を押さえる。いつ発作が起こるかわからない雛子は、邸の外に出ることはできない。

目を伏せた雛子の顔を覗きこみ、千隼が優しい声で言う。

「雛子。そんなに悲しそうな顔をするな。雛子が行きたいのなら、今度、連れていってあげよう」

「えっ」

驚く雛子に、千隼は続けた。

「願えば、叶うものだよ」

千隼の言葉は嬉しかったが、

(病弱な私には、外出はきっと無理)

雛子は心の中で否定し、千隼に向かって曖昧に微笑みかけた。


「やあ、雛子」

「千隼様!」

雛子と千隼は、たびたび会って話をするようになった。

千隼が訪れるのは午後が多く、一刻《いっこく》ほどおしゃべりをしているうちに夕餉《ゆうげ》の時間が近くなり、タツ江が離れに来る前に帰っていく。

代わり映えのなかった雛子の日常が、千隼と千隼が教えてくれる外の世界の話で彩りを増していく。

「上野公園の桜が、今、満開だ」

千隼がそう言って、袖の中から花びらを出し、雛子の頭上にぱっと撒いた。

「まあ！」

ささやかな桜吹雪に、歓声を上げる雛子に、千隼が目を細める。

「きっと、とっても綺麗なのでしょうね。見てみたい」

「では、見に行こうか。雛子」

「いつ発作を起こすかわからないので、私は外には」

「行けない」と続けようとした雛子は、真面目な顔で雛子を見る千隼に気付き、言葉を呑み込んだ。

「可能性を自ら閉じてはいけない」

臆病な気持ちを叱られたように感じ、雛子は俯いた。

二人の間に沈黙が落ちる。

その時「ニャア」と声が聞こえた。はっとして顔を上げると、いつの間に近付いていたのか、妃梨華の猫のまるが、庭からこちらを見上げていた。

もしかして、近くに妃梨華がいるのではないかと思い、周囲を見回す。千隼と会っているところは見られないほうがいいだろう。

「千隼様。人が来るかもしれません」

急いでそう言うと、千隼は一度頷いて立ち上がった。鳥の姿に変じて飛び去っていく千隼を、寂しい気持ちで見送る。鳥に興奮したまるが、庭を走っていく。

雛子はそっと周囲を見回した。妃梨華はいないようだ。

千隼との密かな逢瀬《おうせ》を、誰にも邪魔されたくはなかった。


けれど、翌日。雛子は父、利実から母屋に呼び出された。

(何かしら)

滅多にないことを不思議に思いながら、呼ばれた座敷へ行くと、難しい顔をした祖父の公一郎もその場にいた。

(お祖父様まで?)

父と祖父は、親子仲がいいとはいえない。

お人好しの祖父は若い頃から、人に頼まれると損得も考えずにお金を貸していた。時には騙《だま》されることもあり、父はそんな祖父に対し「家よりも他人を大事にする」と怒っていた。祖父は父のことを「情《じょう》がない」と嘆いていたが、祖父の行動が積み重なった結果、寶田家の財産は減っていった。

険悪な仲である祖父と父が、揃って雛子を呼び出した。二人の表情を見ると、いい話ではなさそうだ。

雛子が正座をすると、利実がすぐさま口を開いた。

「お前が、離れで若い男と会っていると、妃梨華から聞いた」

思いがけないことを言われ、雛子は息を呑んだ。

「まだ十二とはいえ、お前は嫁入り前の娘だ。どうやって忍び込んできたのかわからんが、男と二人きりで会うなど、言語道断だ」

ぴしゃりと叱られて、ビクッと体が震える。

「どこの馬の骨だ。言え。苦情を申し入れる」

雛子は口を噤《つぐ》んだ。千隼が四神《しじん》の朱雀だと話しても、父はきっと信じない。それに、あの優しい人に、苦情など言ってほしくない。千隼は病で外に行けない雛子のために、会いに来てくれていたのだから。

今度は、祖父が優しい声で尋ねた。

「どこのお方なんだい？　雛子は体が弱い。おかしな相手につけ込まれたらと思うと心配なのだよ」

「……」

話そうとしない雛子に業《ごう》を煮やしたのか、利実はあからさまな溜め息をつくと、

「お前の部屋は、今日から母屋へ移す。身の回りのものを整理しておけ」

と命じた。

「えっ」

母屋に来れば人の目がある。千隼とこっそりと会うことはできない。

動揺する雛子に、利実が鋭い眼光で「わかったな」と念を押す。すがるように祖父を見たが、祖父も難しい顔で「そうしなさい」と言った。

雛子は、二人の言葉に頷かざるを得なかった。

肩を落としながら離れへ戻り、僅かな私物を整理していると、いつものように、硝子を叩く音が聞こえた。振り向くと、縁側に銀朱色の鳥が留まっている。

雛子は急いで雪見障子を開け、鳥に向かい、

「千隼様。今日はそのままで」

と声をかけた。

雛子の声音で、いつもとは違う何かがあったのだと察したのか、鳥は軽く頷いた。

「千隼様とお会いしていたのが、父と祖父に知られてしまいました。嫁入り前の娘が、男の方と二人きりで会うなんていけないと叱られ、今夜から母屋で暮らすことになりました」

千隼に事情を説明する声が、涙声に変わる。

「わ、わたし、千隼様と会えなくなるのが悲しいです。もっとたくさん、外のお話を聞いてみたかった。千隼様から外のお話を聞くと、千隼様と一緒にお出かけをしている気持ちになれたのです」

鼻を啜《すす》りながらそう言うと、鳥が口を開いた。

「俺も雛子と話をするのは楽しかったよ。そうか、嫁入り前でなければいいのだな」

何か考えているかのように、鳥は首を動かした。

手の甲で目をこする雛子に向かい、千隼が続ける。

「雛子。お前が十七になったら迎えにこよう。それまでは、しばしのお別れだ」

千隼はそう言うと雛子の肩に飛び乗り、口づけをするように、くちばしで頬を軽くつついた。

「雛子様、ご準備は終わりましたか？」

タツ江の声が聞こえた。

千隼は「ではな」と言い残して、羽ばたいていった。銀朱の鳥が空へと消えていく姿を、雛子はじっと見つめていた。

＊

「雛子さん、まだお帰りにならないの？」

女学校の教室で浴衣《ゆかた》を縫っていた雛子に、学友の神林郁子《かんばやしいくこ》が声をかけてきた。

「郁子さん」

雛子は針を針山に刺し、顔を上げると、郁子に微笑みかけた。

「山内《やまうち》先生に、今日中に提出しなさいと言われているの。あともう少しだから、頑張るわ」

「そう？　今日は、先日お話をしていたパーラーにご一緒したいと思っていたのだけど」

そういえば先日、郁子は、新しく銀座にできたパーラーの話をしていたような気がする。

彼女はしきりに「一人で行く勇気が出ないから、一緒に行ってくださらない？」と雛子を誘っていた。

「ごめんなさい」

申し訳ない気持ちで謝ると、郁子は小さく溜め息をついた。

「残念だけど、またにするわ」

「あら、それなら、私たちとご一緒にいかがですか？」

その時、教室の外から明るい声が聞こえた。二人が振り向くと、一学年下の学生数人が、廊下から教室の中をのぞいていた。中心にいるのは、雛子の妹の妃梨華だ。海老茶の袴《はかま》に矢絣《やがすり》の銘仙《めいせん》を着ており、髪には大きなリボンを付けている。ぱっちりとした二重の目は雛子と似ているが、つり目で、気の強い印象を与える美しい少女だ。

郁子は、雛子と妃梨華の顔を交互に見た。雛子が「気にしないで」と言うように郁子に微笑みかけると、郁子は「ごめんなさい」と謝り、妃梨華のもとへと歩み寄った。

「お誘いありがとう、妃梨華さん」

「お姉様は居残りが多いから、付き合いが悪くてごめんなさいね」

妃梨華は聞こえよがしにそう言うと、取り巻きと郁子を連れて去っていった。

妃梨華が言う通り、雛子は補習が多い。外国語の考査の前には筆記具をなくし、受験できずに再試験となった。割烹の実習の前には、割烹着《かっぽうぎ》がなくなった。そして今日、裁縫の授業の課題である浴衣を提出しようとしたら、完成していたはずの浴衣に、あちこち鋏《はさみ》が入れられていた。

（誰かが、私に嫌がらせをしているのだわ）

それはおそらく妃梨華と取り巻きたちだろうと、雛子にはわかっていた。

以前、妃梨華に「どうしてこのようなことをするの?」と聞いてみたことがある。すると彼女は「私がお姉様にいたずらをするはずなんてないでしょう? 私を疑うなんてひどい」と泣き出した。雛子は後から父に呼び出され「お前の祖父がどうしてもと言ったから女学校に通わせてやったのに、成績が悪いことを妃梨華のせいにするな」とひどく怒られた。それ以来、何をされても、ぐっと我慢をしている。

実際は、雛子の成績は決して悪くはない。むしろ、教師も舌を巻くぐらい勉強ができる。それは、幼い頃から祖父の哲学書や経営学書を読んでいたからで、年齢を重ねるにつれて意味がわかってくると、さらに勉学が楽しくなった。

(お祖父様がご存命の時に、胸の手術を受けさせてくださって、だいぶ体はよくなった。けれど、いつまた発作を起こして死んでしまうかわからない。そんな私を女学校に通わせてくださっているお父様に感謝して、頑張らないと……)

公一郎は昨年、風邪をこじらせ、肺炎で亡くなった。祖父は最期まで雛子を心配し、「お前は賢く、人の痛みがわかる子だ。強く優しい人間になりなさい」と言い残して息を引き取った。

寶田家には男子がいない。よい婿を取り、寶田家を継ぐのは妃梨華になる。教養と礼儀を身につけるために妃梨華が女学校に通うのは当然だが、結婚しても子供を産むことが難しく、婿を取ることも嫁に行くこともできない雛子には、教養など必要がない。

それでも、雛子は女学校に通いたかった。公一郎は雛子の意思を汲み、雛子の学費を出し渋る父を説き伏せてくれた。

祖父のため、しっかりと学んで卒業したい。それに――

（千隼様は「可能性を自ら閉じてはいけない」と言ってくださった。私にできることを、精一杯していきたい）

「願えば叶うものだよ」という千隼の言葉が、雛子の支えになっている。

昨今、職業婦人も増えていると聞く。卒業したら働いてみたい。

子供の頃は、自分は何もできず、どこにも行けないと悲観していた。けれど今は、たくさんのことを経験し、世界の広さを感じたいと思っている。

改めて決心をし、雛子は針を持ち直した。

＊

「まあ、郁子さん。ご結婚が決まったの？」

「おめでとう！」

「お相手は伯爵家の方なのですって」

「すごいわねぇ」

学友たちが郁子を囲い、口々に祝福している。

その様子を、雛子は離れた場所から眺めていた。

入学した時よりも、学級の人数は減りつつある。皆、在学途中で嫁入りが決まり、退学していくからだ。卒業まで残った学生は、容姿が悪いから嫁のもらい手がない「卒業面《そつぎょうづら》」などと言われて馬鹿にされることもある。

雛子は荷物を手に持ち、椅子から立ち上がった。楽しそうに話している皆を邪魔しないように、控えめに「おめでとう、郁子さん」と声をかけ、他の学友に「ごきげんよう」と挨拶をして教室を出る。

「なに、あの態度」

「ほら、雛子さんは体が弱いから」

「お嫁のもらい手がないのでしょうね。きっと郁子さんを羨《うらや》んでいらっしゃるのよ」

学友たちのひそひそ声が聞こえた。羨んではいないものの、体が弱く嫁のもらい手がないのは事実だ。雛子は努めて気にしないようにした。

校門を出ると、ふいに「雛子ちゃん」と声をかけられた。驚いて振り向くと自動車が停まっており、そのそばで宗周が笑みを浮かべて手を振っていた。

「宗周様」

すっきりとした洋装姿の宗周は今年で二十歳。少年の面影は今やすっかりなくなり、立派な青年に成長している。

「このような場所でどうなさったのですか？」

雛子は宗周のそばへ歩み寄った。

「近くで用事があったんだ。雛子ちゃんが帰る頃合いじゃないかと思って待っていたんだよ」

宗周が待っていたのは妃梨華だろう。寶田家と豊永家の話し合いで、二人は数年前に婚約している。先に雛子に会ったから、そう言ってくれたに違いない。

「妃梨華なら、そろそろ出てくるのではないでしょうか。宗周様が迎えに来てくださったと知ったら、喜ぶと思います」

そう教えると、宗周は複雑な顔をした。

「あ、ああ、そうだね……」

歯切れの悪い宗周を見て、首を傾げる。

宗周はきょとんとしている雛子を見て弱ったように微笑んだ後、ポケットに手を入れ、小さな箱を取りだした。

「これ、あげるよ」

差し出されたのは、キャラメルの箱。

雛子は目を瞬かせた。

「キャラメル？　どうして私に？　いただけません」

遠慮をする雛子にキャラメルを渡そうと、手を取った宗周が「ん？」という顔をする。

「雛子ちゃん、この手、どうしたの？」

宗周は雛子の手の甲が赤く腫れているのを見て、目を見開いた。雛子は慌てて手を引くと、

「少しお茶をこぼしてしまったのです。でも、大丈夫です」

と誤魔化した。

本当は自分でこぼしたわけではない。昨日、妃梨華が女中に頼まず「お姉様の淹れたお茶が飲みたいわぁ」と言ったので、淹れて持っていくと、湯飲みを受け取ろうとして、わざと手を滑らせたのだ。雛子が火傷をしたのを見て、妃梨華は「せっかく淹れてくださったのに、ごめんなさぁい」と謝りながら笑っていた。

妃梨華は公一郎が亡くなってから、雛子に対し悪意のある行動を取るようになった。利実に妃梨華の行いについて相談すると、妃梨華が可愛い利実は「病弱で何もできないからといって、健康な妃梨華を貶《おとし》めようとするなど、恥を知れ」と言って、雛子の頬を張った。

祖父が亡くなり、まるでたがが外れたように、二人は雛子に対して乱暴に接するようになった。

宗周は痛々しい表情を浮かべた後、傷に響かないよう、そっと雛子の手にキャラメルの箱を載せた。

「雛子ちゃんは甘いものが好きでしょう。遠慮をせずに受け取って。僕が雛子ちゃんにあげたいだけだから」

雛子はキャラメルの箱と宗周の顔を交互に見た。宗周は優しく微笑んでいる。あまり断るのも失礼だろうか。

「ありがとうございます」

寶田家でものの数にも扱われていなかった雛子を、宗周は昔から気遣ってくれた。今も変わらない彼の思いやりが嬉しい。

「せっかくですから、宗周様も一粒いかがですか？」

箱を開け、一粒摘まんだ時、

「宗周様！」

甲高い妃梨華の声が聞こえた。

海老茶の袴の裾を揺らし駆け寄ってきた妃梨華は、不機嫌な様子で、雛子と宗周を見た。

「どうしてお姉様と宗周様が一緒にいらっしゃるのです？」

唇を尖らせている妃梨華に、雛子は急いで、

「偶然、お会いしたのです」

と説明する。

「それ、何？　キャラメル？　宗周様からいただいたの？」

めざとく雛子の手にあるキャラメルの箱に気付き、妃梨華がキツい声を出す。

宗周は慌てて、

「妃梨華さんにも買ってあるよ」

と、ポケットからもう一つキャラメルの箱を取りだした。「はい」と手渡され、妃梨華の機嫌がほんの少しなおる。

「ありがとう、宗周様。でも、お姉様にまであげなくたって」

ぶつぶつ言っている妃梨華を見て困っている宗周に、雛子は助け船を出した。

「宗周様はお優しいから、私にも気を遣ってくださっただけよ。妃梨華、せっかく宗周様が迎えにきてくださったのだから、一緒に帰ってはどう？」

そう勧めた雛子に、宗周が急いで、

「雛子ちゃんも一緒に」

と言いかけたが、雛子は「帰りに寄りたい場所がありますので」と、お辞儀をして、二人に背を向けた。

「宗周様、この後、一緒にどこかへ行きませんこと？」

妃梨華の甘えるような声を背中で聞きながら、雛子はその場から歩き去った。


行きつけの貸本屋に立ち寄り、借りていた本を返した後、雛子はのんびりと帰途についた。

雛子の隣を電車が通り過ぎていく。電灯の並ぶ歩道を歩きながら、雛子は妃梨華と宗周のことを考えた。

今頃、妃梨華は楽しく宗周と過ごしているのだろうか。

昔は宗周にほのかな恋心を抱いていたこともあったが、今はもう、そのような気持ちは持っていない。

（千隼様。お会いしたい）

雛子が今、慕っているのは、千隼ただ一人。会えない期間が雛子の想いを募らせていた。

居場所がわかるのなら会いに行きたい。けれどそれは叶わない願いに違いない。

（千隼様は朱雀様。人とは違う特別な存在。きっと、人の世ではなく、神様の世にいらっしゃるのでしょう）

ぼんやりと考え込んでいたら、前方から歩いてきた男性にぶつかってしまった。

「あっ、申し訳ありません！」

慌てて謝ると、相手は二人組だった。あまりガラは良くなさそうだ。男たちは雛子の顔をじろじろと見ると、口角を上げた。

「悪いと思うなら、ちょっと付き合えよ」

一人の男に手首を摑まれて、雛子の体がビクッと震える。

「あ、あの、何を」

「その辺の茶屋に、少し一緒に行ってくれるだけでいいからさ」

「困ります！」

男たちの手を振り払い、背中を向ける。

「おい、待て、女！」

走って逃げようとしたら、男に襟《えり》を引っ張られた。衣紋《えもん》が広がり、背中があらわになる。恥ずかしさで頬を赤らめながらも、果敢に「離してください！」と訴えていると、横から現れた青年が、男の手首を摑んで捻《ひね》り上げた。男が「いてぇ！」と悲鳴を上げる。

雛子は、助けてくれた青年の顔を見上げて息を吞んだ。

（千隼様？）

髪も目も黒いが、忘れるはずもない。身なりのよい洋装姿の青年は、かつて出会った千隼にそっくりだ。

もう一人の男が青年に殴りかかろうとしたが、青年は身軽に避《よ》けると指を鳴らした。

次の瞬間、消えていた電灯がチカチカと光ったかと思うと、いきなり爆発した。破裂音に驚いた人々が一斉に顔を上げる。

「な、なんだ？」

降ってきた硝子の欠片《かけら》から、男が頭を庇《かば》っているうちに、青年は彼の足を払って転ばせた。その上に摑んでいた男を放り投げる。折り重なった男たちがもがいている間に、青年は雛子の体を抱え上げた。

何が起こっているのかわからないままに、雛子は走り出した青年の体にしがみつく。

道の角を曲がり、爆発の騒ぎが届かない場所まで来ると、青年は雛子を地面に下ろした。

「怪我はないか？」

「はい、大丈夫です。助けていただき、ありがとうございます」

お礼を言いながらも、彼の顔から目が離せない。あまりにも千隼に似ている。

「あの、失礼ですが、あなたのお名前は？　私、もしかしたら、以前あなたにお会いしたことが……」

青年は雛子の視線を受けとめながら、いたずらっぽい笑みを浮かべた。

「君は俺の名前を知っているはずだ」

「千隼様？　やはり千隼様なのですね？」

雛子が弾んだ声で名を呼ぶと、千隼はにこっと笑って頷いた。

「覚えていてくれたんだな。大きくなったな、雛子」

千隼は目を細めて雛子を見た。

再会の喜びと、変わらず美しい彼を前にして、雛子の頬が熱くなる。

千隼は着ていた上着を脱いで雛子の肩に掛けると、道の端に停まっていた人力車を呼んだ。雛子の背中に軽く触れ、乗るように促す。

「今は仕事の途中でね。ゆっくりと話す時間がない。もう夕暮れだ。気を付けてお帰り」

「お仕事?」

千隼は今、何か事業でもしているのだろうか。立派な姿を見上げ、首を傾げた雛子に、彼は小指を差し出した。

「今度会った時に話すよ。約束しよう」

雛子は千隼の小指と顔を交互に見ると、そっと自分の指を絡めた。


宗周の車で邸に送り届けられた妃梨華は上機嫌だった。本当はもっと一緒にいたかったが、彼はこれから別の用事があるのだと言っていた。それならと「今度、一緒にオペラを見に行きたい」とおねだりをしたら「いいですよ」と了承してもらえた。

デエトの予定に胸を弾ませながら、自室へ向かって廊下を歩いていると、「妃梨華」と名前を呼ばれた。

「お父様、ただいま戻りました」

利実は難しい顔で妃梨華を見ている。

「少し話があるから、部屋へ来なさい」

もしや、宗周との婚儀についての話だろうかと思い、うきうきした気持ちで父についていく。

利実の居室に入ると、親子向かい合って腰を下ろした。

利実は眉間に皺を寄せ、なかなか口を開こうとしない。妃梨華は焦《じ》れて、

「お父様。私はいつになったら宗周様と結婚できるのですか？　卒業までにはしたいわ」

と、話を急かした。利実が溜め息をつく。

「面倒なことになった。国島紡績の国島数昌《かずまさ》氏から、ぜひ妃梨華を嫁にもらいたいと縁談がきた」

「国島様？　誰ですの？」

利実が何を言いたいのかわからず、妃梨華はきょとんとした。

「昨今、急激に成長している紡績会社の社長だ。女学校帰りのお前を見かけて見初《みそ》めたらしく、妻にと所望してくださっている。多額の支度金も用意するとおっしゃっておられるし、お前が嫁《とつ》いだ後も、実家への援助は惜しまないとの話だ。年齢は四十と、お前より少し年上だが、いい話ではある」

思ってもみないことを言われて、妃梨華は仰天した。

「私の婚約者は宗周様でしょう！　なぜいきなり別の方との縁談が持ち上がるのですか！　四十歳だなんて、全然少しではありません！　嫌よ、お父様！」

「表向きは取り繕っているものの、豊永子爵家は、家計が苦しくなりつつあると聞いている。国島様の亡き叔父上は、お前のお祖父様の友人で、生前、非常にお世話になった方だ。金のこともあるが、その縁もあって断りにくい。堪《こら》えてくれないか」

妃梨華の顔色が、みるみる赤くなる。どうして自分が家のために犠牲にならないといけないのか。

そもそも、寶田家にお金がないのは、姉の病気のせいではないか。祖父が雛子の手術のために、多額の医療費を払ったことを、妃梨華は知っている。

妃梨華は「そうだわ」と手を打った。

「国島様のところへは、お姉様が嫁げばいいのよ！　お姉様は、お祖父様に気に入られていたじゃない。お祖父様のご友人の縁故の方に嫁ぐなら、お姉様のほうが適任だわ！」

「雛子が？」

驚いた利実に、妃梨華は前のめりになって続けた。

「国島様とお姉様を会わせて、私よりもお姉様のほうを選んでもらうようにしたらいいのよ！　そうしたら、支度金も入るし、援助もしてもらえて、お父様は万々歳でしょう？　それに、豊永子爵様との縁談を、お金のために反故《ほご》にしたとなったら、寶田家の体面を傷つけます」

「確かに、お前の言う通り、こちらの都合で一度決まっていた縁談をなかったことにするのは問題がある。しかし、せっかく国島様がお前を望んでくださっているのだ。この縁を逃すのは……」

「病弱なことは国島様に伏せて、私じゃなくてお姉様を気に入るように仕向ければいいのよ」

利実は悩んだ後、妃梨華に答えた。

「お前の気持ちはわかった。なるべくことがうまく進むよう、計らってみよう」

父の言い方ではまだ不安だったが、妃梨華は「お願いしますわ」と頷いた。

＊

豪華な洋館の中に入ると、ドレス姿の妃梨華は両手を胸の前で組み、弾んだ声を上げた。

「素敵！　さすが公爵家の迎賓館は違うわね」

妃梨華の半歩後ろに立つ雛子も、ドレスを身に纏っている。

（お父様が、私を社交界の集まりに連れてきてくださるなんて、初めて）

普段は妃梨華だけを伴うのに、今日に限ってどうしたのだろう。

雛子は先日、父に呼び出され「樋ノ上《ひのえ》公爵の夜会に招待されているから、お前も来るように」と命じられた。

樋ノ上は公爵だが、鉄鋼業、海運業、農業と幅広く事業を行っている。多額の資産を持つものの、偏屈な人物だと言われているらしい。その樋ノ上公爵がめずらしく夜会を開くということで、華族や、経済界の有力者たちが招かれていた。

二階へ上がると、ホールで宗周に出会った。

「あっ、宗周様！」

宗周の姿を見つけた妃梨華が顔を輝かせる。宗周もこちらに気付いたのか、歩み寄ってきた。

「やあ、こんばんは。宗周君」

「寶田様、こんばんは。妃梨華さん。それに、雛子ちゃん」

宗周は最後に雛子に顔を向けると、眩《まぶ》しそうに目を細めた。その表情に気付いたのか、妃梨華がむっとした顔をする。

「宗周様。あちらでゆっくりお話ししませんか？」

「えっ、あ、ああ」

妃梨華に声をかけられ、我に返った宗周が戸惑っていると、利実が、

「ぜひ、妃梨華の相手をしてやってくれ。私は雛子に会わせたい相手がいるのでね」

と勧めた。

「会わせたい相手？」

宗周はやや不安そうな顔をしたものの、妃梨華に引っぱられて大広間に入っていった。

父が自分に会わせたい相手がいるなどと聞いていなかったので、問うように顔を見上げた雛子に、利実が声をかける。

「雛子、こちらに来なさい」

利実に連れられて向かった先は喫煙室だった。煙で空気が淀んでいる。うっかり吸い込んでしまい、雛子は軽くむせた。

利実は談笑している紳士たちに歩み寄ると、その中の一人に声をかけた。

「国島様」

国島と呼ばれた男性が振り向き、気さくに応える。

「これはこれは、寶田様」

年の頃は四十。体格のいい男性で、気力が溢れているような快活な印象を受ける。

国島は、利実の隣にいる雛子に気付き「おや？」という顔をした。

「そちらのお嬢様は妃梨華さんではありませんね」

「長女の雛子です」

利実に目で促され、雛子はドレスの裾を摘まんでお辞儀をした。

「雛子と申します」

国島は雛子の顔をじろじろと見た後、顎に手を当て「ほう」とつぶやいた。

「妃梨華さんに負けず劣らず美しいお姉様だ」

国島の雛子への賛辞を聞いて、利実が明らかにほっとした表情を浮かべる。

「妃梨華はおてんばですが、雛子はおとなしく恥ずかしがりなので、今までこのような場に連れてきたことはないのです。今夜は国島様もいらっしゃるとお聞きしましたので、ぜひご紹介したいと思い、伴いました」

「箱入りのお嬢様ということですな」

国島が「ははは」と笑う。

雛子は内心で驚いた。妃梨華がおてんばだとか、雛子がおとなしいだとか、今まで父にそのようなことを言われた覚えはない。

父は妃梨華を「どこに出しても恥ずかしくない娘」だと溺愛し、雛子を「体が弱く嫁にも出せない欠陥品」だと考えていたはずだ。今の言い方では、まるで妃梨華のほうに問題があり、雛子のほうが良妻になると言っているようではないか。

父の意図がわからず戸惑っている雛子に、国島が手を差し出した。

「雛子さん、もしよろしければ、ダンスなどいかがですか？」

「えっ？」

突然の誘いに、雛子は目を瞬かせた。

ダンスなど習ったことがない。

「私は踊れませんので」

断ろうとしたが、利実に、

「ぜひ踊っておいで。国島様に任せておけば大丈夫だ」

と勧められてしまった。

国島が雛子の手を取った。

「あ、あの、お父様」

助けてほしいと目で訴えたものの、利実は満足げな表情で雛子を見送っている。

雛子は国島に大広間に連れていかれ、ダンスの輪に引き込まれた。

「私、本当にダンスは……」

「安心してください。私に身を任せて」

雛子の言葉を遮《さえぎ》り、国島はワルツの音色に合わせて足を踏み出した。

「きゃっ」

わけがわからないままリードされ、雛子は下手なステップを踏んだ。

「あら、あちらは国島紡績の社長様ね」

「ご一緒なさっているのは、どちらのご令嬢かしら?」

どこからか自分たちのことを話す声が聞こえてくる。雛子は、足がもつれてよろめいた体を、なんとか立て直した。ここで転んだら、国島に恥をかかせてしまう。

強引な国島の動きに必死についていくうちに、雛子の目が回ってきた。鼓動が速くなり、息が乱れてくる。

(あ、この感覚は……)

このままでは、体調が悪くなる。手術をしてから、発作こそ起こさなくなったものの、激しい運動をすると、心の臓が苦しくなる。

(お願いだから、曲が終わるまで保って)

倒れるわけにはいかないと、気を張れば張るほど、呼吸が乱れてくる。

ついにドレスの裾を踏み「あっ!」と思った瞬間、誰かが横から腕を伸ばし、雛子の体を支えた。

必死だった雛子は、そこで初めて、会場内がざわついていることに気が付いた。

「樋ノ上公爵だ」

「人嫌いで偏屈という噂だが、さすがに自らが主催の夜会には現れたのか」

「あの方がそうなの? 思っていたよりもお若いわ」

「まあ、なんて素敵な方」

衆目を集めていると気付き、雛子は傍《かたわ》らにいる青年を見上げ、息を呑んだ。

「千隼、さま？」

千隼は雛子の腰に手を回し、自分のほうにもたれられるように体を引き寄せた。

「樋ノ上公爵。今宵はお招きありがとうございます」

雛子を奪い取られた国島が、顔を引きつらせながらもお辞儀をする。

「ダンスの最中に失礼した。彼女の気分が悪そうだったので、つい割り込んでしまった」

千隼は国島に淡々と応えた後、雛子の背中と膝裏に手を添え、ひょいと抱き上げた。ぽかんとする国島を無視し、驚く招待客たちに目もくれず、千隼は大広間を堂々と横切っていく。

「ち、千隼様、あの……」

雛子は頬を赤らめながら千隼を見上げ、戸惑いの声を上げた。

「外に出よう。君は少し風にあたったほうがいい」

大広間からテラスに出た千隼は、雛子を抱いたまま階段を下りた。美しく整えられた庭園を歩き、噴水のそばの長椅子に雛子を座らせる。夜風が雛子の頬を優しく撫でた。大広間の熱気に当てられていたので心地よい。乱れていた心音が次第に治まっていく。

雛子は隣に腰を下ろした千隼を見上げた。

「助けてくださってありがとうございました、千隼様。でも、樋ノ上公爵様というのは……？」

不思議に思って尋ねると、千隼は驚いている雛子が可笑《おか》しいのか、楽しそうに笑った。

「俺は今、人の世で、公爵の樋ノ上と名乗っているんだ」

夜風に揺れる千隼の黒髪が、さらさらと銀朱へと変わっていく様を見て、雛子は目を細めた。

（ああ、このお姿。やはり千隼様だわ）

「千隼様、私、ずっと千隼様にお会いしたかったのです」

雛子の瞳に涙が浮かんだ。そんな雛子の頭を引き寄せ、千隼が髪を撫でる。

「俺も会いたかった、雛子。この間、街で出会った時に、もっと話せたらよかったのだが、商談があって急いでいたんだ。すまなかった」

千隼はそう言いながら雛子の体を離すと、今度は頬を両手で挟んで自分のほうに向けさせた。

「よく顔を見せて。綺麗になったな、雛子」

正面から顔を覗きこまれ、雛子の体が熱を持つ。

（お美しいのは千隼様です）

千隼の熱いまなざしに耐えきれず、視線を彷徨《さまよ》わせる雛子が面白いのか、千隼の口元がほころぶ。

「このまま攫《さら》ってしまいたいが、そういうわけにはいかない。雛子のために、人としての地位は必要だろうと思い、今まで準備をしてきたんだ。手順もあるようだから、できるだけ人の世のやり方に沿いたいと考えている」

「準備？　手順？」

「そうだ。俺は――」

雛子の質問に答えようとした千隼の言葉は、

「雛子ちゃん！」

突然、割り込んだ声に遮られた。

庭を駆けてきた宗周は、長椅子のそばまで来ると、千隼を見下ろし睨み付けた。千隼の髪は、宗周が現れた時には既に黒に戻っている。

「本日の主催者である樋ノ上公爵とはいえ、僕の大切な幼なじみに気安く触れないでいただけませんか」

体の横で握った宗周のこぶしが緊張で震えている。華族として格上で、偏屈だという今夜の主催者に文句を言うことにためらいがあるのだろう。

「宗周様。違うのです。この方は、発作を起こしかけた私を助けてくださったのです」

雛子は慌てて説明しようとしたが、それよりも早く、千隼が答えた。

「彼女の気分が優れなそうだったから、夜風にあたったほうがいいだろうと、ここに連れてきたまでだ。彼女が心配だというのなら、別の女性にかまけず、あなたが彼女のそばにいればよかった」

千隼の言葉に、宗周が息を呑む。

「雛子、もう少し待っていて。では、また」

雛子の耳元で囁いて立ち上がり、千隼は優雅な微笑みを残して去っていった。

テラスに向かう千隼の背中を、雛子は名残惜しい気持ちで見送った。

（もっとお話をしたかった）

切ない気持ちでいると、宗周がそっと雛子に声をかけた。

「雛子ちゃんと樋ノ上公爵は知り合いだったの？」

雛子は迷った後、小さく頷いた。

「子供の頃にお会いしたことがあって」

宗周が「子供の頃？」と不思議そうな顔をする。

「いつ？　雛子ちゃんは、子供の頃はあまり邸の外に出たことがなかっただろう？」

「四神の朱雀様だから、飛んで、会いにきてくださっていた」と言っても、信じてはもらえまい。

どう答えたものか迷っていると、ドレスの裾を摘まみ、妃梨華が大股で庭を歩いてくるのが見えた。

「宗周様！　このようなところにいらっしゃったの？」

不機嫌な様子で近付いてきた妃梨華は雛子をきっと睨み付けた。

「お姉様。宗周様は私の婚約者です。こんなところで二人きりになるなんて、誤解を招くような馴れ馴れしい真似はしないでくださらない？」

「ごめんなさい、妃梨華」

馴れ馴れしい真似をしたつもりは微塵もないが、夜の庭でいっときでも二人きりになったのだから、妃梨華が気を悪くして当然だ。

素直に謝った雛子に向かって鼻を鳴らした後、妃梨華は宗周に甘えた声を出した。

「宗周様。大広間に戻りましょう。大食堂で宴会も始まるようですわ」

「あ、ああ、そうだね」

宗周は妃梨華に対して頷いた後、雛子を気にしながらも室内へ戻っていった。

一人残された雛子は、長椅子に腰を下ろしたまま、空を見上げた。美しい月が浮かんでいる。

先ほど、千隼の胸に抱かれていたことを思い出し、雛子はうっとりと目を瞑《つむ》った。

(まるで今夜は夢みたい)

＊

けれど、雛子の夢は長くは続かなかった。

夜会から数日後、父の部屋に呼び出された雛子は、突然「国島様に嫁げ」と言われて硬直した。

「あの、それはどういう意味でしょうか?」

戸惑いながら利実に尋ねると、利実は、

「言葉通りの意味だ」

と答えた。

「国島様が、ぜひお前を妻にと望んでくださっている。国島様は紡績業で財をなした立派な経営者だ。こんなによい縁談はない」

「お父様、お待ちください! 国島様とは、先日初めてお会いしたばかりです。どのような方かも存じ上げないのに。それに、私の体では、嫁いでも子供を産めるかどうかもわかりません」

手術をして多少はよくなったとはいえ、雛子の体では、子を身ごもったとしても、無事に出産できる可能性は低い。

「心配しなくともよい。国島様は、お前の体のことは気にしないと言っておられる。他に女性がいらっしゃるから、子供のことも考えなくてよいそうだ」

「えっ」

信じられない言葉を聞き、雛子の息が止まった。

他に女性がいるということは、愛人がいるということだ。

「お邸には女中もたくさんいるそうだから、家事などもしなくていいとおっしゃってくださっている。お前は妻として、最低限のことだけ勤めればよいと」

家事をしなくてよくても、夜の相手はしろということなのだと気付き、すうっと血の気が引く。

（そんなの、嫌）

脳裏に千隼の顔が浮かんだ。

「お父様、私、国島様との結婚は……」

勇気を出して断ろうとしたが、利実は今度は奇妙に優しい声音で言った。

「雛子はお祖父様のことが好きだっただろう？　国島様の亡き叔父上は、お前のお祖父様の友人だったんだ。お前の手術をしてくれた医者を紹介してくださったのも、その方だよ。

この結婚は、お祖父様とその方への恩返しでもあるんだ」

「恩返し……」

雛子の脳裏に、優しい祖父の面影が浮かんだ。

（そう言われてしまっては……）

雛子は悩んだ。けれど、家長の命令は絶対だ。つらい気持ちを押し隠し、父に向かって
「承知致しました」と頭を下げざるを得なかった。

（断れなかった）

利実の部屋を出て、後悔に苛まれながら自室に戻る途中、妃梨華と出会った。妃梨華は青い顔をしている雛子に気付き、わざとらしく「あら？」と口元に手を当てた。

「どうかなさったのですか？　お姉様。もしかして、お父様から喜ばしいお話をお聞きになったとか？」

妃梨華の言い様に、妹は自分と国島との縁談について知っていたのだと気が付いた。

「お父様が、国島様と結婚しなさいと……」

「お体が弱いお姉様を、それでもよいとおっしゃってお嫁にもらってくださるなんて、国島様はとてもお優しい方ですわね。きっと幸せにしてくださいますわ。私も宗周様も、お姉様のご結婚を心から祝福しますわ」

「ふふっ」と笑った後、廊下を歩き去っていく妃梨華を、雛子は唇を嚙《か》みしめながら見送った。

かつては「家のために結婚もできない親不孝者」と自分を卑下していた。この縁談は、

雛子の命を救ってくれた祖父と育ててくれた父に恩を返すため、神様に与えられた孝行の機会なのだ。けれど――

「千隼様……千隼様……」

雛子の目からぽろぽろと涙がこぼれる。

千隼に出会わなければ、こんなに切なくて、苦しい気持ちを抱かなくてすんだのだろうか。

雛子の想いなどかまわずに、国島との縁談は、トントン拍子に進んでいった。

「雛子さん、今度ご結婚なさるのでしょう？」

「おめでとうございます」

女学校を中退することになった雛子に、学友たちが「寂しいわ」と声をかけてくる。

「今まで、仲良くしてくださってありがとう」

雛子は複雑な気持ちで微笑みながらお礼を言った。

全ての荷物を纏め、もう二度と訪れることのない教室を出る。

校門をくぐると、車が停まっていた。そばに宗周が立っていて、雛子の姿に気付くと歩み寄ってきた。

「宗周様」

「雛子ちゃん、結婚するんだってね」

雛子は急いで背後を確認した。妃梨華の姿も、他の学友たちの姿も見えない。結婚を控えた身で、妹の婚約者と会っているところなど見られたら大変だ。

「ええ。一週間後、国島様のお邸に入るのです。準備があるから、早く帰らないと。さようなら」

お辞儀をして宗周の横を通り過ぎようとしたら、宗周に腕を摑まれた。

「待って」

「宗周様、離してください」

「僕は、本当は妃梨華さんではなくて、雛子ちゃんと結婚したかったんだ！」

宗周の悲痛な声を聞いて、雛子の目が丸くなった。

「それを、あんな、横から出てきたおじさんなんかに」

悔しそうな宗周を見て、雛子は弱々しく微笑んだ。

「お互いに無力ですね」

雛子の言葉を聞いて、宗周の手から力が抜ける。

「さようなら、宗周さん。妃梨華とお幸せに」

一礼した後、去っていく雛子の背中を、宗周は立ち尽くしたまま見送っていた。

*

「いやあ、ついに明日ですなぁ」

「この度は誠にお世話になりまして」

国島邸の客間で、雛子の夫となる国島数昌と利実が上機嫌で話している。

今日、雛子と利実は、明日の結婚式の段取りの確認と挨拶のため、国島邸を訪れていた。

父の横で雛子はずっと、膝の上で揃えた手の甲を見つめている。

「雛子さんは、明日はご実家のほうでお支度をされてから、神宮へ来られるのでしたな」

国島の確認に、利実が「その予定です」と答える。

先ほどから黙っている雛子に、利実が厳しい目を向けた。

「雛子も挨拶をしなさい」

雛子は顔を上げると、

「ふつつか者ですが、どうぞよろしくお願い致します」

と、国島に向かって一礼した。国島が「ああ、こちらこそよろしく」と頷く。

朗らかで気のよさそうな人物に見えるが――

雛子は、先ほどご不浄を借りにいった時の出来事を思い返した。


廊下を歩いていた雛子は、鋭い女性の声を耳にし、足を止めた。

「数昌さんの結婚相手が来ているですって？」

キツい声音に驚いて目を向けると、派手な化粧をした二十代半ばぐらいの女性が、近くの部屋の中で、自分よりも年上の女中を怒鳴りつけていた。

「は、はい。華族のお嬢様だそうで」

女中がこわごわと答えると、女性は不機嫌そうに鼻を鳴らした。

「華族ですって？　どれほどの女か見てやろうじゃない」

「ナオミ様、落ち着いてください！」

部屋を出て行こうとしたナオミを、女中が慌てて止める。そんな彼女に、ナオミが手を上げた。パシンと乾いた音がする。

「あなた、誰に向かって命令しているの？　女中ごときが偉そうに！」

苛立たしい気持ちを発散するかのように、ナオミはもう一度女中を叩いた。女中がその場に膝をつき、土下座をする。

「申し訳ありません、申し訳ありません」

二人の様子を見ていられなくなり、雛子は思わずナオミに声をかけた。

「暴力はいけないと思います」

できるだけ落ち着いた声音で諫《いさ》めたが、ナオミの癇《かん》に障《さわ》ったようだ。

「あんた誰よ」

はすっぱな口調で問いかけてきたナオミは、上質な振り袖を身に纏った雛子を見て、すぐにピンときたようだ。

「そうか。あんたが数昌さんの婚約者っていう女ね」

ナオミは雛子のそばまでくると、人差し指で雛子の顎を上げた。

「乳臭い小娘ね。華族だって話だけど、数昌さんの財産が目当てなんでしょう？」

雛子の顔をじろじろと見た後、顎から指を離し、ナオミが高飛車な笑みを向ける。

「せいぜい数昌さんに媚《こ》びることね。どうせあの人は私に夢中だから」

ひらひらと手を振って部屋を出て行くナオミを、雛子は困惑の表情で見送った。

（あの方が、国島様のお妾《めかけ》さんなのね）

雛子が嫁入りしても、国島はナオミを手放すつもりはないのだろう。

妻の気持ちを考えない情のない行いに、侮辱をされている感覚になる。

雛子が顔を強ばらせていると、土下座をしていた女中が、今度は雛子に向かって頭を下げた。

「お嬢様、大変申し訳ございません」

雛子は彼女の前に跪《ひざまず》くと、

「どうしてあなたが謝るのですか？」

と優しく声をかけた。女中は顔を上げ、恐れを浮かべた瞳で続ける。

「どうぞお許しください。ナオミ様に生意気な態度をとったこと、旦那様にはご内密にお願い致します。でないと、私、旦那様にも……」

涙目になっている女中の手の甲に火傷の跡を見つけ、雛子は怪訝《けげん》に思った。女中の手を取り、まじまじと見つめる。火傷は、小さな丸形をしている。

（まるで、火の点いた何か細いものを押しつけられたような）

そう考えて、はっとした。

（これは、煙草？　もしかして、この方は国島様にも虐待を受けているの？）

雛子が国島に言いつけると思っているのか、恐怖で震えている女中を見て胸が痛くなった。

雛子は女中の手を軽く握った。「大丈夫」と優しく声をかける。

「私は何も言いません」

安心させるように微笑みかけると、女中は「ああ」と言って、顔をくしゃくしゃにした。

そして、決心したように雛子の手を強く握り返し、真剣な口調で勧めた。

「お嬢様、ここに嫁いできてはいけません。旦那様は怖い方です。前の奥様は旦那様に折《せっ》檻《かん》を受ける私たち女中を庇い、旦那様をお諫めしようとしてくださったのですが、そのせいで奥様までが暴力を振るわれるようになりました。ナオミ様の存在もあって、精神を病み、他界してしまわれたのです」

必死な女中の姿が、父と妹に無体な扱いを受けている自分と重なった。

(この方は、ここでつらい目にあっておられるのだわ)

祖父の「お前は賢く、人の痛みがわかる子だ。強く優しい人間になりなさい」という言葉が脳裏に蘇った。自分がこの邸に入ったならば、国島の先妻のように、彼女たちを守りたい。

(これは、私が強い人間になるために、お祖父様が与えた試練なのだわ)

国島家に嫁ぐのが運命だというのなら、自分はここで、痛みを知る人たちの役に立つ人間になろう。

雛子は先ほどの女中との会話と、自分の決心を思い出し、改めて目の前の国島を見つめた。

雛子の強いまなざしに、国島が一瞬、気圧《けお》されたような顔をした。

きっと彼は雛子のことを、病弱で気の弱い娘だと思っていたに違いない。雛子の表情に僅かに不快感を表したが、利実の手前、すぐに取り繕った。

「ところで国島様。ご相談があるのですが。雛子の嫁入り道具を揃えるのに、少々お金がかかってしまいまして……」

「嫁入り道具ですと？　十分な結納金は支払わせていただきましたが」

「ええ、もちろん、もったいないほどの結納金をいただきました。ですが、天下の国島紡績の社長様のところに嫁がせるのです。恥ずかしい思いはさせたくないという親心でして」

両手を揉んでいる利実を見て、雛子は悲しい気持ちになった。雛子の嫁入り道具は見た目こそ立派だったが、そのほとんどは粗悪な素材でできた安物だった。

国島からできるだけお金を引き出そうという、父の浅はかな意図が見て取れる。

「ならば追加で――」

国島が何か言いかけた時、

「社長！　社長はおられますか！」

騒々しい声と共に、どかどかという足音が聞こえてきた。

「お待ちください。今、旦那様は大切なお客様とお会いになっておられます」

足音の主を留めようとしているのは、国島邸の使用人だろうか。気弱な声音なので、客人の身分が高く、強く出られない様子だ。

何事だろうと、雛子と利実が驚いていると、勢いよく襖《ふすま》が開き、背広姿の年配の男性が姿を見せた。

「社長！　大変なことになりました！」

「内田《うちだ》、何事だ？　今日は用があるから、会社のことは副社長であるお前に任せると言っておいたはずだが？」

国島が怪訝な顔をする。内田と呼ばれた男性の切羽詰まった様子に、ただ事ではない雰囲気を感じ取ったようだ。

「紡績工場で『人間には個性、人格、人権があり、すべからく平等であるべし』と声を上げた女工がおり、それに賛同した女工たちが団結し、ストライキを起こしました！」

内田が叫ぶと、国島は表情を険しくし、腰を上げた。

「ストライキだと？　その女工に、誰がそんな馬鹿げた入れ智恵をした！」

「女工自らが、雑誌に掲載されていた学者の論文を読み、思想に影響されたと言っているようです」

「女工風情が論文だと？　あいつらにそのような学があるものか！」

国島が「ハンッ」と鼻を鳴らす。

女工を卑《いや》しめる彼の様子に、雛子の胸中に怒りが沸いた。

（会社のために働いておられる方たちに、なんというひどいことをおっしゃるのかしら）

先ほどの女中のように、国島紡績でもつらい思いをしている人々がいるのだと知り、雛子は唇を噛んだ。

「絶対に陰で糸を引いた人物がいるはずだ。見つけ出せ！」

国島が怒鳴った時、

「旦那様、大変です！」

と、大声を上げながら、今度は国島邸の使用人が部屋に飛び込んできた。

「うるさいぞ、松吉《まつきち》！　今、取り込み中だ！」

松吉は「申し訳ございません」と頭を下げた後、早口で続けた。

「表に記者が押しかけています！　なんでも、旦那様の会社が悪事を働いたとかなんとか言っておりまして」

「は？」

国島の顔色が変わる。大股で部屋を出て行く国島の後を、わけもわからないままに、雛子と利実も追った。

玄関へ行くと、松吉の言う通り、新聞社の記者たちが押しかけていた。国島が出てきたことに気付き、我先に話を聞こうと身を乗り出してくる。

「国島紡績工場が垂れ流している排水で水質汚濁が起き、付近の農作物に影響が出ていると訴えた地元議員を、国島氏の命令で秘密裏に殺害したと告白した人物が現れたのですが、本当ですか？」

「工場周辺の空気も汚染がひどく、住民は大変困っているとか」

「それに対して改善を申し入れた住民に暴力行為を行ったという話も聞いています」

「紡績工場で働く女工たちにも無理な労働を強いており、衰弱して死亡する者が続出しているとか」

「ま、待て！　そんな話はない！」

国島は両手を広げ、記者たちを落ち着かせようとしているが、一向に場は収まらない。カメラを向ける者も現れた。利実も青くなり、巻き込まれたくないとばかりに逃げ出す。

「お父様！」

雛子の呼び声に、記者たちがこちらを向いた。

「どこの令嬢だ？」

「わからんが、国島に関係あるんだろう。写真を撮っておけ」

自分はどうしたらいいのかと、その場に立ち尽くしていた雛子の肩に、ふいに銀朱色の鳥がとまった。

「千……」

驚いて声を上げかけ、慌てて口を噤む。まるで「こちらにおいで」とばかりに鳥が飛び立ったので、雛子は記者たちに背を向けて走りだした。

「あっ！　逃げたぞ！」

「いや、それよりも今は国島だ！」

騒然とする玄関から離れ、鳥に付いていく。足袋のまま庭へ下り、鳥を追って裏口をくぐると、外には一台の車が停まっていた。

雛子の目の前で、鳥が千隼へと変わった。

「千隼様！」

雛子は思わず千隼に抱きついた。

「迎えに来た。雛子」

千隼は雛子を抱き留めると、優しく頭を撫でた。

「俺がかたくなに人の世の手順を守ろうとしていたばかりに、国島に先を越された。奴が君を娶《めと》ろうとしていると知って、急いで新聞社に彼の悪事を暴露した。遅くなってすまない。怖かっただろう？」

「悪事？」

先ほどの、殺人事件や暴力行為のことだろうか。

「とりあえず、ここから離れて、俺の邸へ行こう」

千隼の車に乗り、着いたのは、瀟洒《しょうしゃ》な洋館だった。

千隼に手を取られて車から降り、案内されるままに邸内に入る。

「ここは俺の家だ。安心して過ごせばいい」

女中が姿を現したが、千隼自らが雛子を二階の部屋へと連れていく。

千隼が開けた扉をくぐり、雛子は目を丸くした。

天蓋《てんがい》付きの寝台。螺鈿《らでん》のテーブルと椅子、花の彫刻が施された文机と、お揃いの箪笥。

薄い桃色の壁紙は可愛らしく、レースのカーテンも美しい。

「なんて素敵なお部屋なのかしら」

愛らしいものが好きな女性のためにしつらえられたような部屋に驚いていると、千隼が雛子の耳元で囁いた。

「君の部屋だ。君を迎えるために用意していた。好きに使うといい」

「私の？」

驚いて千隼の顔を見上げると、千隼は「ああ」と頷いた。

「後で食事も持ってこよう」

そう言って、雛子の額に口づけると、千隼は部屋を出て行った。

雛子は夢見心地で寝台に腰を下ろした。先ほどまで、好きでもない男性に嫁がなければいけないと覚悟を決めていたのに、今は恋い慕う千隼のもとにいる。

けれど、ふと父のことを思い出し、気持ちが沈んだ。

（国島様のお邸から逃げ出したお父様は、大丈夫なのかしら？）

もし、寶田家が国島紡績の不祥事に巻き込まれたら、妃梨華と宗周の結婚にも影響するかもしれない。

雛子は心配な気持ちで手のひらを握った。

＊

千隼の邸に来てから二日が過ぎた。

国島はどうなったのだろうと気にしていたら、千隼が新聞を見せてくれた。

あの夜、記者たちが詰め寄っていた通り、国島紡績は、工場のある地元住民と問題を起こしていたらしい。新聞では、住民を脅す形で改善要求を取り下げさせたり、政府に訴えると言った地元議員をやくざ者に依頼して殺害させたりと、様々な悪事が暴かれていた。

女工を工場に閉じ込め、衰弱しても働かせ、逃げようとするものには体罰を与えるといった非道な行いもしていたそうだ。

国島邸にいた利実と雛子の姿も写真に撮られており、寶田子爵家は国島紡績と関係があるのではないかと書かれていた。もしかすると、実家にも記者が押しかけているかもしれない。

実家の様子が気にかかる。帰ったほうがいいに違いない。けれど、決心がつかない。

居間でぼんやりとしていると、そんな雛子に気付き、千隼が近付いてきた。

公爵という華族階級でありつつも、実業家としての顔も持つ千隼は忙しそうだが、雛子と一緒に朝餉《あさげ》と夕餉をとり、夜も共に過ごす時間を作ってくれている。

「雛子、物憂げな顔をしてどうしたんだ？」

「千隼様」

手ずから紅茶を運んできた千隼を、雛子は見上げた。テーブルに並べられた西洋のカップから、ふわりと湯気が上がっている。皿には、ビスケットが載せられていた。

千隼は雛子の隣に座ると、顔を覗きこんだ。

「悩み事があるなら、話してくれ」

「千隼様は、どうしてこのように私に優しくしてくださるのですか？」

膝の上で手を組み替えながら尋ねると、千隼は雛子の肩を抱き寄せて囁いた。

「雛子が大切だからだよ。幼い君と過ごした日々を忘れられなかった。外の世界に憧れる君を、自由にしてあげたかった。だから、君が大人になったら、迎えに行こうと決めていたんだ。君は人だから、神の世界で暮らすのは難しい。それなら、人の世に俺の居場所を作らなければと、この数年の間に地盤を築いた」

「それが、数々の事業ですか？」

「そうだ」

「華族としての地位はどうなさったのですか？」

四神は霊獣だ。千隼の本体を見たことはないが、書物によると、朱雀は赤い翼を持つ鳳《ほう》凰《おう》のような鳥で、火を司るのだという。雛子は、霊獣の千隼が華族という身分を持っていることを不思議に思っていた。それに、公爵は、華族の中でも最も高い位にあたる。親王や徳川家、一部の貴族、国に偉勲《いくん》のある者にしか与えられないはず。

雛子の疑問を察したのか、千隼がいたずらっぽく笑った。

「政府の上層部は、長い間、この地が四神に守られてきたことを知っている。一部の者の中で、それは公然の秘密なのだ。だから、俺が彼らの前に現れて『俺に華族の身分を与えなければどうなるか』という話をした」

つまり、千隼は、自分の言うことを聞かなければ、帝都を守る役目を放棄すると政府を脅したのだ。

あまりにも無茶な行動を聞いて、雛子は目を丸くした。

千隼は驚いている雛子を見て、心配そうに、

「呆れたか？」

と尋ねた。叱られるだろうかと、子供のような顔をしている千隼を可愛く思い、雛子は

思わず笑ってしまった。

「いいえ」

「よかった」

千隼が甘えるように雛子に頬ずりをする。

そして少し体を離すと、雛子の顔を正面から見つめた。

「雛子。俺の花嫁になってほしい。本当は、君の周囲の人を納得させるために、人の世での手順を踏もうと考えていたんだ。信頼できる人に寶田家との縁談の仲介を頼み、見合いをして、君の父上に許可をいただき、正式に君を迎え入れようと思っていた」

雛子の手を取り、まっすぐな瞳で求婚の言葉を口にする千隼を見て、胸がいっぱいになる。

千隼は偉大な霊獣だというのに、雛子のために人の世の都合に合わせようとしてくれていたのだ。彼がその気になれば、きっと、強引に雛子を攫うこともできただろう。雛子の立場を守ろうとしてくれた千隼の思いやりに涙が出そうになる。

今すぐ「はい」と頷きたかったが、雛子の脳裏に、父の顔が過《よぎ》った。

「私は寶田のお祖父様に命を助けていただきました。お祖父様のことを思うと、実家を放っておくことはできません」

きっと今、寶田家は国島紡績の不祥事に巻き込まれ、大変な状況にあるはずだ。

「私は寶田の邸に帰ります」

強いまなざしで決心を口にした雛子を、千隼はしばらくの間、見つめていたが、小さく溜め息をついて「そうか」とつぶやいた。

「雛子がそう言うのなら送り届けよう。だが、困ったことがあれば、いつでも俺を頼ってほしい。そして、約束してくれ。問題が解決したら、必ず俺のもとへ戻ってくると」

千隼の優しさが胸に沁みると同時に、雛子は、すぐに彼の手を取ることができない自分を不甲斐なく思った。

＊

千隼に送られて寶田の邸に戻ると、利実と妃梨華が玄関に飛び出してきた。

「雛子、今までどこに行っていた！」

「お姉様のせいで、大変だったのよ！」

何事だろうと思って驚いていると、二人は雛子の後ろにいる千隼に気付き、仰天した。

「なんと、これは樋ノ上公爵！」

利実は慌てた様子で頭を下げたが、すぐさま顔を上げて、

「なにゆえ、我が娘と一緒におられるのですか？」

と尋ね、媚びるように笑いながら揉み手をした。

「玄関で立ち話もなんです。どうぞお上がりください」

「では、少しお邪魔させていただこう」

利実が千隼を客間に通し、雛子と妃梨華も同席する。

雛子は父から、どうして千隼に連れられて帰宅したのかと事情を聞かれ、国島邸に記者が押し寄せて騒動になった時、混乱して邸を飛び出したところ、偶然通りがかった千隼が保護してくれたのだと説明した。

「雛子が帰りたいと言ったので連れてきたが、無体な真似をしないよう、重々伝えておく。何をするにしても、彼女の意思を尊重するように」

千隼が念を押すと、利実は「雛子へのお心遣い、ありがとうございます」と頭を下げた。

「雛子。困ったことがあれば、必ず俺に連絡するように。いいな」

雛子の手を握り、千隼は真剣な表情で言い聞かせた。雛子は千隼の優しさをありがたく思いながらも、「千隼様にご迷惑はかけまい」と心に決めた。

「そろそろお暇《いとま》しよう。お邪魔した、寳田殿。雛子、見送ってくれるか？」

千隼に頼まれ、雛子は立ち上がった。利実と妃梨華も続こうとしたが、千隼は、

「お前たちはいい」

と、断った。

玄関で千隼を見送った後、雛子が客間へ戻ると、利実と妃梨華は何やら相談をしていた。雛子の姿に気付き、利実が顔を上げる。

「雛子、樋ノ上公爵とお近付きになるとはでかした！　これで我が家は安泰だ！」

利実が膝を叩いて喜び、妃梨華は満面の笑みを浮かべる。

「お姉様のおかげで、樋ノ上公爵様とご縁ができて、私も嬉しいですわ。樋ノ上公爵様はお姉様を気に入っておられたようですけれど、お姉様はお体が弱いですから、嫁入りして

も子供を産むことはできませんわよね。万が一お姉様が死んで、樋ノ上公爵様が後妻を娶られたら、樋ノ上公爵家との縁が切れて、寶田家には一銭もお金が入ってこなくなるでしょう。だから、健康な私が嫁いで、樋ノ上公爵様のお世継ぎを産んで差し上げるわ！」

妃梨華の突然の提案に、雛子は驚いた。妃梨華は胸の前で両手を組むと、うっとりとした口調で続けた。

「あの美貌、莫大な資産……樋ノ上公爵様ほどのお方はおられないわ。私のほうがお姉様よりも、樋ノ上公爵様の妻にふさわしくてよ」

千隼の妻になった時のことを想像しているのか、妃梨華の目が輝いている。

雛子は唇を震わせながら、妃梨華に声をかけた。

「妃梨華は宗周様が好きなのではなかったの？　宗周様との婚約はどうするの？」

すると、妃梨華は「宗周様ですって？」と馬鹿にしたように笑った。

「別にもういいわ。昔は裕福だったけれど、豊永家の奥様の浪費で、今は家計が逼迫《ひっぱく》しておられるんですって。いくら同じ華族でも、貧しいお家の方と結婚するなんて嫌よ。脂ぎった中年の国島なんか、もっと問題外だったから、お姉様に譲ったけれど、樋ノ上公爵様なら話が違う。私が樋ノ上公爵様に嫁入りして、お父様を助けますわ」

妃梨華の言葉を聞いて、利実も「うんうん」と頷いている。

「雛子は体が弱い。早死にするかもしれん」

「そうよそうよ」

いつ死ぬかわからない体でも、雛子は懸命に生きてきた。利実と妃梨華から暴力を受け、もしや自分は家族から疎《うと》まれ、命を軽んじられているのではないかと疑っていたが、やはりそうだったのだと確信する。

「お姉様は国島邸に戻りなさいな」

雛子の脳裏に、国島やナオミから無体な仕打ちをされていた女中の顔が浮かぶ。国島家が大変なことになり、使用人たちもつらい思いをしているだろう。もしかすると、国島とナオミから、さらにひどい目に遭わされているかもしれない。

国島は、祖父の友人の甥《おい》だと聞いている。

（お祖父様と、お祖父様に優秀なお医者様を紹介してくださったご友人の方へのご恩を、今こそ返す時なのだわ。私が今まで生き長らえてきたのは、困っている方々を助けるためだったのかもしれない）

使命感に駆られたが、だからといって、妃梨華を千隼のもとに行かせるわけにはいかない。妃梨華が千隼に嫁げば、彼が今まで築いてきた財産を奪い取ろうとするに違いない。

それは避けなければ。

雛子は心を決めた。

「一度は、国島様に嫁ぐはずだった身です。私はその責任を負い、国島紡績の罪を贖《あがな》います。けれど、妃梨華が千隼様に嫁ぐのは許さない」

「はあ？」

妃梨華が鼻白んだ。雛子は高飛車な妃梨華に怯《ひる》むことなく、袖の中に手を入れた。

「お姉様は国島紡績に身を捧げるのでしょう？　樋ノ上公爵様の妻になることはできない

のだから、あとは私に任せなさい」

自信満々に胸を張る妃梨華の言葉に呆れながら、雛子は袖から手を出した。

すっと指を掲げる、そこにとまっていたのは、銀朱色の鳥。

妃梨華はきょとんとした顔で鳥に目を向けた。

「何よ、その鳥。どこから連れて来たんですの？」

鳥は雛子の指から飛び立つと、次の瞬間、千隼へと変じた。ふわりと畳に足を着けた千隼は、冷たいまなざしで妃梨華を見下ろした。

「随分勝手なことを言ってくれる。俺はお前を娶る気などない」

「な、な、な」

突然鳥が千隼に変わり、妃梨華はこぼれんばかりに目を丸くした。その隣で利実も腰を抜かしている。

千隼は帰ったと見せかけて、鳥の姿となり、雛子の袖の中に潜んでいたのだ。

「馬鹿な親子だ。雛子はお前たちのことを気にかけ、俺の求婚まで保留にして、実家に戻ったというのに」

「樋ノ上公爵様！　私こそ、あなたにふさわしいですわ！　お姉様なんて」

この状況でも言いつのる妃梨華に、千隼は心底呆れた顔をした。

「くどい。俺はお前を娶る気など、一切ない」

千隼は再度、妃梨華を拒否すると、雛子の前に跪いた。

「雛子、帰ろう。俺の邸へ」

「はい。千隼様」

泣き笑いで答えると、千隼は雛子を抱き上げた。そのまま、振り返らずに客間を出て行く。

「樋ノ上公爵様、待ってください！」

「樋ノ上公爵！　雛子を連れていくのなら、どうか我が家にお慈悲を！」

妃梨華と利実の声は、むなしく響いた。

＊

千隼の邸の書斎で、雛子は穏やかな表情で書類を読んでいた。

「紡績工場の労働環境については、もう心配しなくていいわね。排水の問題や、煙害についてもだいぶ改善が進んだし、地元住民との和解もできた」

利実と妃梨華と決別し、千隼の邸に戻った雛子は、国島邸で大変な事件が起こっていたことを後から知った。国島が首をくくり、自死してしまったのだ。

社長を失い、世間からの非難も受け、国島紡績は大混乱に陥った。寶田子爵は、悪逆非道な国島紡績を援助していたと、事実とは違うことを新聞に書かれ、利実と妃梨華は人々からの冷たい視線に耐えきれず、逃げるように地方へ引っ越した。一人取り残された雛子は覚悟を決めて、新聞社を通じて声明を出した。

「寶田雛子は、国島家と関わりがあった身として、亡くなった国島数昌氏の代わりに、国島紡績の被害にあった人々に謝罪し、補償を行ってまいります」

国島紡績に入り、社員と共に、被害に遭った人々に誠実に対応していく覚悟を決めた雛子に、千隼が申し出た。

「俺は帝都を守る四神だ。だから、苦しむ民を助けるのは当然だ。雛子、四神である俺を頼れ。ここで民を見捨てたら、他の四神に『朱雀はその程度か』とそしりを受ける」

雛子の前に跪き、手を取って懇願した千隼を、雛子は拒絶することができなかった。

国島紡績は千隼の会社が買収し、負債と補償を請け負うこととなった。

雛子も役員となって事業に関わり、住民との話し合いに臨んだ。

十七歳の少女が経営に加わり、当初、社内の者には侮られたものの、幼い頃から学んできた経営学が役に立ち、そのうちに一目置かれるようになった。世間では「女だてらに」と眉をひそめる者もいたが、「素晴らしき職業婦人」「勇気ある才媛」と雛子を讃える者もいて、そういった声に支えられ、雛子は懸命に頑張った。

そして今年になり、ようやく様々な問題に目処が付いてきた。

書類を机に置き、ほっと息を吐く。

立ち上がり、窓を開けると、青空に燕《つばめ》が飛んでいるのが見えた。

「あれから、もう五年が経ったのね……」

雛子は今年二十二歳になった。時折、体調を崩すものの、千隼がよい医者をつけてくれているので、命が危うくなるほどひどくはならない。何よりも、彼がそばにいてくれることが心強い。

千隼によると、雛子が完全に健康になる方法が一つだけあるという。千隼はしきりにそれを勧めるのだが、雛子は決心がつきかねていた。

そよ風が雛子の頬を撫でる。

コンコンと扉が叩かれる音がして、雛子は振り返った。「はい」と答えるよりも早く扉が開き、千隼が室内に入ってくる。

「雛子。少し休んだらどうだ？」

心配そうな顔で近付いてきた千隼に、雛子は微笑みかけた。

「ええ、そうします」

雛子も千隼へ歩み寄る。

「なんだか嬉しそうだな」

「いろいろと、うまくいきそうなのです。千隼様のおかげです」

その説明で察したのか、千隼は一つ頷いた。

「ならば、そろそろ言ってもいいだろうか」

千隼は真剣な表情で雛子を見つめ、手を取った。小首を傾げた雛子に向かい、丁寧に言葉を紡ぐ。

「雛子、俺と結婚してほしい。俺はもう十分待っただろう？」

懇願するように言われて、申し訳なさで雛子の胸が痛む。何度、彼の求婚を断り、このように困らせてきただろう。

「まだ、駄目か？」

千隼が雛子の頬に触れた。優しく撫でる感触をくすぐったく思いながら、雛子は千隼の手に、自分の手を重ねた。

「千隼様。いつも私を想ってくださってありがとうございます」

そして、まっすぐに千隼の赤い瞳を見つめると、長い間、彼を待たせていた答えを口にした。

「私を、千隼様の妻にしてくださいませ」

千隼の顔が輝く。感極まったように雛子を引き寄せると、強く抱きしめた。

「ようやく言ってくれたな」

「お待たせして申し訳ございませんでした」

雛子も千隼の背に腕を回し、甘えるように胸に頬を寄せる。

千隼は雛子の顔を両手で挟むと、上向かせた。

「これで長い時を君と一緒にいられる。本当は、君の命がいつか尽きてしまうのではないかと怖かったんだ」

「意外と図太かったでしょう?」

「ふふ」と笑った雛子の顔に、千隼の顔が近付く。雛子は目を閉じると、彼の口づけを受け入れた。

雛子が死の恐れから解き放たれる唯一の方法。それは千隼と契りを結ぶこと。そうすれば雛子は四神の花嫁となり、千隼の命の火が消えるまで共に在ることができる。

「朱雀は長い時を生きる。俺は寂しかったんだ。雛子のように素晴らしい伴侶を得られて、こんなに嬉しいことはない」
何度も雛子の唇に口づけを落としながら、千隼が囁く。
(あの日、私の前に現れた銀朱色の鳥は、私にこの上ない幸せを運んでくれた)
「千隼様、愛しております。あなたと共に私は生きていきます」
雛子の告白を聞き、千隼も幸せそうに笑う。
爽やかな風が、抱き合う二人の髪をそっと揺らした。

将官と男装令嬢の恋

みちふむ

プロローグ

「それに、家庭教師は形だけだ。君は、そばにいてくれれば、それだけでいい」

「そばにいるだけ」

そうか、私は妹さんの引き立て役という意味なのね。

彼が欲しいのは、妹のための高身長の女友達ではない。

妹を小柄に見せるための存在なのだと高子《たかこ》は解釈した。

部屋には夕日が射していた。

高子の心は悲しみ色に染まっていた。

一　ダリアの君

「高子、これから客が来るからな」

「はい。お父様」

大正時代、港町神戸。実業家村山家《むらやまけ》の長女の高子は応接室の扉を開けた。

(家具もお花も、問題ないわね)

客を迎えるために室内の確認を終えた高子が、廊下に出ると母がいた。

「高子。突っ立っていないで雪子《ゆきこ》の着替えを手伝いなさい」

「はい、お母様」

母に叱られた高子は妹の部屋にやってきた。使用人の服装の高子と違い、妹の雪子はお気に入りのピンクのドレスを広げていた。

「お姉様、髪形はこの雑誌のようにして」

「雪子、これは髪が長くないとできないわよ」

「これがいいの！　意地悪言わないでやってよ！」

金切り声に押された高子は工夫しながら雪子の髪形を整えた。そしてドレスのリボンを締め直した。雪子は鏡を覗き込む。

「え？　何よ、この髪形。雑誌と全然違うわ」

「髪の長さが足りないから、こうなってしまうのよ」

高子は優しく諭《さと》すが、雪子は姉を睨み興奮して泣き出した。これを聞きつけて母がやってきた。

「どうしたの、雪子」

「お母様！　見てちょうだい。お姉様が意地悪をして、こんなおかしな髪形にしたのよ」

「これからお客様が来るのに？　高子、お前は本当に底意地が悪いわね」

（また始まったわ）

何かあれば執拗《しつよう》に高子のせいだという母と妹の態度に、高子の心はとっくに凍っている。弁解するのも面倒な高子は、いつものように頭を下げた。

「すみませんでした」

「もういいわ！　ああ可哀想に」

結局、雪子は母の案でリボンを髪に加えることで機嫌を直し、父と一緒に客を迎えに玄関へ向かった。

（はあ、私は本でも読みましょう）

家族から離れた高子は胸を撫《な》で下ろしながら自室に入った。応接室からは家族と客の楽しげな声がしているが、高子は一人で過ごしていた。

高子は背が高く、一七五センチある。一般的な男性よりもずっと背が高い彼女を家族は恥ずかしがり、屋敷内でも目立たないように使用人の服を着るよう命じていた。そんな高子の部屋へ使用人がやってきた。

「高子様、一郎《いちろう》様のご学友がお越しになっています」

「お兄様は、接客中だったわね」

使用人の話によれば、その学友は一郎に貸した本を返して欲しいと言っているという。

「その本がないと、勉強ができないので困ると仰っていますが、いかがいたしましょうか」

「今はどちらに？」

「まだ門のところにおいでです」

「では、ひとまず玄関までお通ししてください」

高子は応接室にいる人達に見つからないように急いで玄関に移動し、正座で待つ。そこに使用人が学生服の男性を連れてきた。高子が座礼すると、彼は謝りながら話し始めた。

「突然伺《うかが》ってしまい申し訳ない。自分は一郎君の学友で山下《やました》と言います。明日の試験でどうしても使うので、一郎君に貸していた本を返していただきたいのです」

「承知いたしました。ですが本人は今、接客中です。私が確認いたしますので、本の名前を教えていただけますでしょうか」

高子は本の名前と背表紙の色を聞き、紙に記した。そして使用人に、山下を西の部屋に案内するように命じると、別の使用人を呼び寄せた。

「お兄様にこの手紙を渡してちょうだい。ここには私が本を捜して返して良いかと書いてあるの。私はひと足先にお兄様のお部屋の前で待っているから」

「承知いたしました」

やがて、一郎の部屋の前に使用人が現れた。

「高子様。本は一郎様の机の上にあるので、お返しして良いそうです。ただし、くれぐれも山下様にお姿を見られぬように、と」

「わかったわ」

高子は一郎の部屋に入り、目当ての本を見つけた。念のため、本の間に何も挟まっていないか確認してから、使用人に、山下を玄関まで案内するように伝えた。高子が玄関に正座して待っていると、山下がやってきた。

「山下様、この本で間違いございませんか」

彼は目をぱっと光らせた。

「そうです。この本です。お手数をおかけしました」

「いいえ、こちらこそ」

高子は正座のまま、恐縮する山下を見送った。

「ふう、なんとかなったわね」

「高子様！　お客様もお帰りです」

「え」

廊下の奥から、数人の足音が近づいてきた。逃げ場のない高子は、素早く下駄を履き玄関の外に出る。扉の向こうで、家族が客に別れの挨拶をしているのが聞こえる。

「いやあ、すっかり長居をしてしまいました」

「そんなことはありません。またぜひいらしてください」

高子は門までの小道に立ち、頭を下げ続ける。父と兄と客が通り過ぎるまで高子の胸はドキドキしていた。客が帰ったのを確認して、ホッと一息つく。

(ふう、危なかった)

「高子、ここで何をしているのだ!」

「すみません。お兄様のご学友に本をお返ししていて」

父が眉間《みけん》に皺《しわ》を寄せる中、一郎が高子の手首を掴み、怒鳴りつけながら庭の隅まで連れて行く。

「おい、高子! お前、その大きな背丈を山下に見せなかっただろうな!」

「はい、ずっと座っていましたし、それに妹とも思っていないと思います」

「当然だ!」

一郎は顔を真っ赤にしながら高子を花壇に突き飛ばした。

「偉そうに兄を見下ろす妹がいるなんて、お前は我が家の恥だ!」

「……すみません」

一郎は肩を怒らせて屋敷へ帰っていった。土で汚れた高子は悲しく立ち上がる。屋敷の方からは家族の楽しげな会話が聞こえてきた。

(背が高いのは私のせいではないのに)

家族でありながら仲間はずれの高子は、孤独な心を抱えていた。

その夜、家事を終えた高子は、父から話があると言われて居間へ向かった。また理不尽な理由で叱られるのだろうと虚しい気持ちで父の向かいに座る。

「よく聞け。今度行われる武藤《むとう》様の夜会に、お前も行くことになった」

武藤家は大企業を経営している。父は興奮を抑えるように洋酒を一口飲んだ。

「この夜会は我々実業家の子女だけの懇親会だ。一郎も雪子も同じ年頃の方々と仲良くなるのは好ましいことだからな。お前も参加し二人を支えるのだ」

（なぜ私まで参加なのかしら。たいていは不参加なのに）

一郎は、妹のくせに自分よりもほんの少しながら背が高いという理由で、高子を毛嫌いしている。父も同様で、そのため、いつもは招かれても高子は欠席にさせられた。しかし、今回は同行しろ、という父の意図が高子にはわからなかった。

「恐れながら、お兄様も夜会に慣れていらっしゃいますし、雪子も私がいなくても立派に振る舞えると思いますが」

「だ、黙れ！　これは命令だ。いつもの夜会の格好で行け！」

「は、はい」

父の慌てた様子を不思議に感じた高子は、翌日、洗濯物を干している最中に使用人から真相を聞いた。

「お客様にお茶を出す時、聞いてしまったのですが、あちらさまは高子様をご招待したいと仰っていましたよ」

「私を？」

「そうです！　だって高子様は女学校で成績が一番だったじゃないですか」

使用人は当然だと言わんばかりだが、高子は竿にシーツを干しながら憂鬱《ゆううつ》な気分である。

(だから私が行くのね、はあ)

ただでさえ背が高いせいで悪目立ちする高子は、プライドの高い兄と、身勝手な妹と一緒に参加しなければならないことに頭を痛めていた。

*

夜会の日。支度で慌ただしい村山家では先に準備が整った小柄な雪子は、黄色いドレス姿でクルッと回った。母は輝くように微笑む。

「素敵よ。雪子は何を着ても似合うわ」

「嬉しい！　この真珠の指輪も気に入っているの。あ、お兄様は？」

「懐中時計を忘れたので部屋に戻ったわ。ああ、高子も来たわ」

「お待たせしました」

高子は、黒い背広とスラックス姿で颯爽と部屋から出てきた。社交場に参加する時の高子はいつも男装である。ドレス姿で男性よりも長身なのは悪目立ちするから、という父の指示によるものである。長い髪を後ろに束ねた高子のスッと伸びた背筋と長い手足の美麗な姿に使用人達は思わず頬を染めた。しかし母は高子の胸元の一点に照準を絞る。

「高子、その宝石はどうしたの？　見たことがないけれど」

高子の白いブラウスの胸元にはエメラルドの首飾りが光っている。高子は守るようにそっと手で触れた。

「これは先日、福子《ふくこ》叔母様が誕生日祝いにくださいました」

「福子様が？　私は聞いていないわ」

「すみません。お母様がお返しを気にされるので後で報告するように言われていました」

「仕方ないわね」

両親に忌《い》み嫌われている高子は誕生日も祝ってはもらえない。それをよく知る父の妹の福子も、高子ほどではないが背が高く、生家では肩身の狭い思いをしたらしい。そのため、同じような境遇の高子を気の毒だと気にかけてくれていた。今年の誕生日、福子は高子のために高価な首飾りを贈ってくれた。高子は遠慮したのだが、福子に「自身を守る資産として持っているように」と言い含められたのだった。

（お母様が怒るのはわかっていたけれど、話せて良かったわ）

秘密にしつづけることが苦しかった高子は少しホッとした。やがて一郎も準備を終えて出てきたが、男装の高子を一瞥すると先に玄関を出た。高子は雪子をエスコートし、車に乗り込んだ。彼らを乗せた車は夜会の会場へと進んだ。到着後、一郎は自分よりも小柄な雪子を隣に連れ、高子を背後に従わせながら夕刻の会場に入った。

「ようこそ。村山様」

「ご招待いただき光栄です」

出迎えてくれた武藤夫妻に、一郎は笑顔を向ける。

「改めまして。自分は長男の一郎です。こちらは妹の雪子、そして」

一郎は背後にいた高子をチラッと見た。高子はすっと頭を下げる。

「長女の高子と申します」

高子を見た武藤夫妻は、その凜々《りり》しさに目を細めている。

「君が高子さんか。『ダリアの君』にやっと会えたよ」

「なんて麗しいのでしょう。高子さん。あなたの通った女学校の校長が、いつもあなたを褒めるものだから、お会いしたかったのよ」

「光栄です」

夫妻の熱い視線は高子に注がれていたが、一郎は遮《さえぎ》るように雪子の肩を抱く。

「本日はありがとうございます　さあ、雪子。行こう」

「はい」

高子が二人の背後に控えながらついていくと、一郎が苦々しく呟いた。

「何が『ダリアの君』だ。いい気になるなよ」

「はい」

(はあ、ただ背の高い花という意味なのだけれど)

大正時代、異国から入ってきた皇帝ダリアの花は、神戸の花壇にも植えられている。晩秋に咲くピンクの花は二階の窓に達する高さになる。高子はこの花に喩《たと》えられ『ダリアの君』と称されていた。挨拶を終えた三人は会場の広間へ進んだ。立食パーティーでは、すでに若い参加者は楽しげに歓談中である。

「まずは何か飲むか。雪子」

「はい」

（やっぱりお兄様は自分からは話の輪に入っていけない、か）

積極的に参加者に挨拶するべき状況だが、気が弱い一郎は話し掛けてもらうのを待っている様子で、雪子も周囲をソワソワと窺《うかが》うばかりである。高子が兄妹の人任せの精神に気を重くしていると、それに気付いたのか一郎が怒りの目で訴えてきた。

「何をぼうっとしているんだよ。さっさと俺たちを紹介しろよ」

「そうよ。放っておくなんて」

近くにいれば邪魔だと言い、離れていれば助けろと言い出す兄妹に呆れつつ、高子が周囲を見回すと、男性達と目が合った。

（私が男か女か、不思議なのでしょうね）

確かに男装の高子は遠目では男性に見える。しかし近くで見れば女性とわかる顔立ちである。そんな高子は興味を抱かれた人に声を掛けられることが多かった。

慣れている高子は自ら爽やかに挨拶をする。

「こんばんは。今宵は素敵な夜会ですね」

「そ、そうですね」

「あの、君は、その」

男装している高子が女性だとわかると、彼らはほっとした顔を見せた。この反応にも慣れている高子はさらりと自己紹介する。

「私は村山の者です。こちらは兄の一郎と、妹の雪子です」

「初めまして」

「ど、どうも」

「村山さんですか？　自分達は神戸のテニス倶楽部の仲間なのです」

「テニスですか？　自分もテニスが好きです」

「私も」

（これで、大丈夫かな）

兄妹は参加者達とおしゃべりを始めた。一安心した高子が場を離れると呼び止められた。

「あの、君は村山一郎君の家の人ですね」

「あ、あなたは先日の」

「君は妹さんだったのか。『ダリアの君』とは君のことだったんだね」

本のやり取りで村山家にやってきた山下は、男装の高子に目を見開いていた。

「そうか。君は背が」

（いけない、私の方が高いわ）

兄の学友を傷つけてはいけないと思った高子は、一歩退いた。

「あの時はお世話になりました。では、私はこれで」

高子は逃げるように彼から離れた。早く時間が過ぎればいいと人気《ひとけ》のない隅へ向かうと、誰かが腕を摑んだ。

「お姉様！　雪子を一人にしないで」

「お兄様はどうしたの」

二人の視線の先の一郎は、テニス倶楽部の人達と酒を飲み、大笑いをしている。

「どうしてくれるのよ！　誰も私と踊ってくれないし」

「雪子。そういうのは男性からお誘いが来るのを待つものよ」

「でも、目が合っても誰も話しかけてくれないわ」

他の令嬢達は優雅に挨拶を交わし、親交を深めている。それをせずたった一人で不貞腐《ふてくさ》れている雪子になど誰も声を掛けてくれないのは当たり前である。

「お姉様が私と踊ってよ！」

「雪子、それでは意味が」

「いいの！　踊らない方が恥ずかしいの！」

（少し踊れば気が済むかな）

「わかったわ。では」

雪子の練習のために男性側のダンスもできる高子は、雪子を相手に優雅に踊った。高子達は、いつの間にか注目を集めていた。

「あの、お二人ともダンスがとてもお上手ですね」

頬を染めた男性が声を掛けてきた。高子は雪子の背をそっと押す。

「はい！　雪子と申します。よろしくお願いします」

「え、あ？　ああ、はい」

男性は去り行く高子を見ていたが、高子は雪子を預け会場の隅に向かった。

（よかった。では私は、こっちで休もう）

やっと一息つけると思った瞬間、背後から声がした。

「おい、高子」

「お兄様」

すっかり酒に酔った様子の一郎は、ダンスを誘っても誰も相手にしてくれないと絡んできた。高子は冷静になってもらおうと水を飲むように勧めた。

「向こうで少し休みましょう」

「うるさい！　お前のせいだ、お前が俺を紹介しないからだ！」

一郎は高子の胸倉を摑み、怒りの拳を振り上げた。高子は腕で顔を庇《かば》いながら目を瞑《つむ》る。

「いい加減にしろ」

「……え？」

高子が目を開けると、男性が一郎の手首を押さえていた。

「貴様、武藤家の夜会を台無しにする気か？」

「離せ、これは身内の問題だ。痛っ！」

一郎の手を捻《ひね》り上げた男性は、呆れたように一郎を見下ろした。

「おい。連れ出せ。不快だ」

「はい」

男性は近くにいた男達に一郎を預け、高子の肩を抱き屋外に連れ出した。

「大丈夫か」

「はい」

（立派な身なりね。それに私よりも背が高いわ）

灯りが輝く神戸港が見える庭に出た高子は彼からそっと離れた。肩幅のある長身の彼は逞《たくま》しい。

「何か食べたか？　って、ここには何もないか……」

夜風が吹く庭はテーブルがあったが、飲み物しか置いていない。

「取ってくるか」

「いいえ、私は大丈夫です、それよりも兄が失礼をいたしました」

高子が謝ると男性はじっと見つめた。

「謝ることはない」

（あ、私の背を見ているのね）

顎《あご》に手を当てて高子に見入っている彼は、高子よりも五センチほど大きい。それに着ている服も上質でただならぬ気品がある。

「君は着る服がないのか」

「え」

「女性なのに男性の格好じゃないか。女物の服がないのか？」

「ないわけではありませんが」

高子は星空を望んだ。彼は自分よりも背が高いので思わず本音をこぼしてしまう。

「この背ではドレスは似合わないですし」

「そんなことはないと思うが、身長が高いということは、女性にとっては悩みであるからな」

真面目に受け止めた彼はまだ高子を見つめている。その時。

「お姉様！　お姉様！」

「雪子」

慌ててやってきた雪子は、高子のそばにいる男性を見てハッとした。

「お姉様、あの、この方は？」

「君の妹君か」

「はい。妹の雪子です、雪子、ご挨拶を」

「私、村山雪子と申します」

雪子は甘い声でドレスをつまみ愛らしく挨拶をしたが、彼は目もくれず高子に問うた。

「君は？」

「私ですか？　私は」

高子が名乗ろうとすると、雪子は紹介させないと言わんばかりに図々しく間に入った。

「それよりもお姉様！　お兄様が大変なのです。こちらに来て」

「は、はい、では、これで」

高子は彼に挨拶もできないままこの場を後にし、酔った一郎を連れてすぐに帰宅した。

＊

後日、村山家に手紙が来た。両親は興奮しながら読み上げた。

「『村山家の聡明で成績優秀なご息女を我が妹の勉強仲間としてご招待したい』、とあるぞ。これは大変だ。西尾《にしお》様は、夜会でうちの雪子を見初めたようだ」

「まあ、雪子を？　ほほほ」

西尾家は神戸一の財閥である。村山家は実業家だが、貿易で財を築いた西尾家の足元にも及ばない。手紙の差出人の西尾伊良昌《いらまさ》氏は若き後継者で軍にも所属し、気難しい人物という噂である。そんな彼からの招待を受けた村山家は大騒ぎになった。挨拶には一郎が付き添いをすることになった。二人の支度で忙しく過ごしていた日、高子が廊下を歩いていると使用人達のおしゃべりが聞こえた。

「それにしても、雪子様がご招待されるなんてね。相手の人は中身をご存じないのね」

「見た目が気に入ったのでしょう？　それにしてもどうして一郎様まで行くの？」

「決まっているでしょう。西尾様とお近づきになるためよ」

それは事実である。だがこのおしゃべりが母の耳に入ることを恐れた高子は、爽やかに会話に入る。

「はいはい。お話はそこまでよ」

「高子様！」

「私達は悔しいのです！　高子様に全て支度をさせるなんて！」

二人の使用人は怒りもあらわに洗濯物を畳んでいる。高子はシーツを手にした。

「それはもういいのよ。それよりも早く終わらせてお茶にしましょう。昨日のビスケットはまだ残っているのでしょう？　また一緒に食べましょうよ」

こうして笑顔で使用人達を鎮《しず》めて、高子は家事をこなしていった。そして翌日、落ち着きのない一郎と雪子に八つ当たりされながらも二人を西尾家へと送り出した。


その西尾家。

「お兄様。光子《みつこ》は心配です」

「何を言う。私が選んだ女性だぞ」

西尾伊良昌は、不安げな妹を優しく励ます。

「彼女ならきっと仲良くしてくれるはずだ。聡明できっと淑《しと》やかな人だ」

「でも、私は」

「大丈夫だ、お、来たか」

車が到着した音がした。客間で待っていた伊良昌は立ち上がった。

（ああ、やっと会える。彼女に）

客間の扉はまだ開かない。緊張する伊良昌の目は、夜会で出会った彼女を思い浮かべていた。

二　西尾財閥

「初めまして。村山一郎と申します。そして、こちらは」

「村山雪子と申します。本日はお招きありがとうございます」

客間に入ってきた二人を見て立ち上がった伊良昌は、眉《まゆ》を顰《ひそ》めた。

「あ、ああ」

（誰だ？　この娘は）

伊良昌が想定していた人物はまだいない。戸惑う伊良昌に、一郎がそっと歩み寄る。

「あの、そちらのお嬢様が妹様ですか」

「は、はい。私は」

座っていた光子は恥ずかしそうに立ち上がろうとした。

「光子、良い。座っていろ」

「え」

光子を手で制した伊良昌は、一郎に冷静に挨拶をした。

「ようこそ西尾家に。私が当主の伊良昌です。どうぞ。おかけください」

一郎と雪子を座らせた伊良昌は、ここで光子を紹介した。

「光子です。本日は妹のためにお越しいただきありがとうございます」

「どういたしまして」

笑顔の一郎に伊良昌は、一呼吸入れてから尋ねた。

「ところで、あの、こちらでお呼びしたご息女はどちらにおいでですか」

「はい?」

「え? 私は、ここにおりますけれど」

(失敗だったか)

驚き顔の一郎と雪子を見た伊良昌は、隣に座る光子をチラッと見た。事情を知らない光子は心配そうに兄を見つめた。

「すみません。実は、今朝から妹の体調が優れないのです」

伊良昌は申し訳ないと謝り、この日、お茶だけを出して一郎と雪子を帰した。

＊

帰宅後。一郎は怒りを爆発させながら両親に報告をした。勉強仲間の話も無く丁重《ていちょう》に帰されたと一郎は憤慨しながらネクタイを乱暴に解いた。

「光子さんには会えたが、人を呼んでおいてあの態度は失礼じゃないか」

「しかし、まああ、これも第一歩じゃないか、なあ? 雪子」

一郎を宥《なだ》めた父は、二人を労《いたわ》ったが雪子は無表情で低い声を発した。

「お父様、伊良昌様は、武藤様の夜会の時の人だったのよ」

雪子は武藤家の夜会の出来事を話した。一郎が酔って高子を殴ろうとしたこと。それを男性が制したこと。その男性は高子の名前を知りたがっていたことを父に打ち明けた。

「お兄様を止めた人が、伊良昌様だったのよ」

「え？　あの時の男が？　そ、そういえば」

「酔っていたとはいえ、お前は何をしておるのだ」

一郎の愚行を知った父は驚愕していたが、雪子は爪を噛《か》みながら言い放つ。

「それはもうどうでもいいわ。とにかく伊良昌様がお呼びになったのはお姉様なのよ。許せないわ」

雪子の声は冷たく部屋に響いた。まるで呪うような声に父と一郎は、寒気が走った。

翌日の朝。高子は両親に呼び出された。

「え？　私が福子叔母様の家に行くのですか？」

父は額の汗を拭いながら言い淀む。

「う、占いで、お前がいると我が家が不幸になると出たんだ」

「高子、私達の言うことが聞けないの？」

母は扇子を広げ、恐ろしいほど冷たい目で高子を睨む。

「お前のような大きな娘がいるせいで、私たちがどれだけ辱《はずかし》めを受けたかわかっているの？」

「それは」

「父や兄よりも背が大きく、大の男を見下《みくだ》して、よく平気でいられるわね。お前は人を立てるということができないんですもの」

「お母様、お言葉ですが、私なりにお兄様や雪子を」

「お黙り！」

母は高子の顔に扇子を投げつけた。

「その態度が偉そうだと言っているのよ。ああ、高子って名前をつけるのは嫌だったのよ！　顔も見たくないわ」

（ああ、もうこれはダメだ）

母の中には一郎と雪子しかいないと察していたが、それでも実の母だ。高子は万に一つも自分への愛がないかといつも探していた。しかし、それは無駄な努力だったのだと思い知った。いつかは追い出されるだろうと思っていたが、唐突な厄介払いに戸惑いながら高子は粛々と支度をした。

（ええと。この服は鞄に入れると皺になるわね）

車の移動とはいえ、道中は屋外を歩くこともある。高子は男装で福子の家に行くことに決めた。白いブラウスの胸に福子からもらった首飾りをした姿を鏡で見ると、あの優しい叔母が喜んでくれるような気がした。その時、使用人の一人が部屋に入ってきた。

「高子様。急なことになりましたね」

「そうね。でも仕方がないわ」

「お待ちください。その首飾りはどうか隠してください」

「そ、そう？　では」

真顔の使用人は高子の首飾りを外させ、スラックスのポケットに収めさせた。少ない荷物を持ち部屋を出ると、廊下には一郎と雪子がいた。一郎はそっぽを向き、雪子は微笑んで高らかに言う。

「ほほほ！　男の格好で行かれるのね、どうぞお元気で」

「雪子、世話になったわね。お兄様もお元気で」

「ふん！　お前に心配されることなどない！」

玄関に向かうと、母が待っていた。

「身支度はそれだけ？　へえ」

母は高子の顔に目もくれず手元の鞄から胸元へと視線を注ぐ。

（あの首飾りを探しているのね）

蛇のような無機質で執拗な目付きに高子は背筋が凍る。立ち竦《すく》んでいると二人の使用人が荷物を持って和やかに急《せ》かした。

「さあ。お車までお持ちします」

「高子様。参りましょう、時間です」

「はい。では皆さま、ご機嫌よう」

家族とは玄関で笑顔のない挨拶を交わした高子だったが、外に出ると大勢の使用人達が見送りにきていた。

「高子様、どうかお元気で」

「あなた様はこの屋敷の立派なお嬢様です。皆はお幸せを祈っております」

「ありがとう。みんな」

料理番や庭師からも心のこもった挨拶を受けた高子は、さすがに涙をこぼして乗り込んだ。

(家族以外の屋敷の人達は本当に優しかったな)

突然の別れに高子は実家の思い出を振り返ったが、楽しい出来事は浮かばなかった。父からの冷遇、母の雑言《ぞうごん》、兄の傲慢、妹の我儘。それらを一身に受けていた高子は、今、解放されたのだ。使用人達との優しい涙だけを真実とした後部座席の高子は、長い脚を持て余すように伸ばす。

(福子叔母様の家に行ったら、おめかししたり、一緒にお出かけしたりしたいな)

不意の出来事を乗り越えて心を整えた高子は、一気に疲れが出たのか、遠方の福子の家までの海岸線を進む道中、ぐっすりと眠った。

*

「お嬢様。起きてください」

「どうしたの」

高子が目覚めると、車は道の途中で停まっていた。村山家の運転手は戸惑いの顔で振り返る。

「この先で、軍の検問があるようです」

「軍の検問？　それは何かを調べているってこと？」

「そのようです。あ、来ました」

運転席の窓を軍人がコンコンとノックした。運転手は窓を開けた。

「検問だ。ある事件が発生し犯人を捜している。身分証明書を見せろ」

「はい」

軍人は運転手の身分証明書を確認し、車から降りろという。寝起きの高子は後部座席の窓から外の様子を確認した。

（うわ。軍人さんがこんなにたくさん？）

これは凶悪な事件が起こったのだと高子は身震いしながら鞄を胸に抱えた。

「おい」

「あ、はい」

「お前も降りろ」

抵抗する理由がない高子は、恐る恐る車から降りた。軍人達は高子をジロジロと見ている。

（しまったわ。女の格好で来ればよかった）

だが、外出用の女らしい服はない。高子は集まってきた軍人の前で、後悔の面持ちで時間が過ぎるのを待っていた。

「貴様、名前は」

「村山高子です」

「なぜ男の格好をしている！」

「なぜって」

気が付けば高子は軍人達よりも背が高かった。つい見下ろしてしまう高子に軍人達はきつい視線を飛ばしてくる。

「怪しいな。ここで待て」

「は、はい」

高子を呼び止めた軍人は、どこかに確認に行ってしまった。その時、検問で止められた車の男性が大声で叫び出し、周囲は騒然となった。

（逃げるなら。今のうち！）

不審者と誤認されたと思った高子は海を背にして、そろりと歩き出した。そして波止場の公園に入るやいなや走って逃げた。

＊

「おい。例の長身の女性はどこだ」

「そこにいるはずですが……あ、いない」

「くそ！　何をしているのだ」

部下から知らせを受けてやってきた西尾伊良昌は、舌打ちをした。彼女が逃げられるのは波止場の公園だろうと当たりをつけて捜索を命じる。

部下の軍人達は必死に高子を捜している。

「中尉。公園の出口は封鎖しました」

「当たり前だ。いいから捜し出せ！」

（せっかく見つけたというのに）

村山家での高子の扱い方に疑問を抱き、密かに監視をつけていた伊良昌は、高子が遠方に追いやられると聞き非常に焦った。そこで軍の検問の演習にかこつけて公私混同を承知で『背の高い女性』を確保せよと指示したのだ。しかし高子が男装をしていたので部下の判断が遅れてしまった。部下達は草むらをかき分け必死に捜していたが、伊良昌はふと思い立つ。

（いや、彼女はそんなところにはいない。背が高いんだ。例えばこんな木の）

見上げると、枝に座った高子がこっちを見ていた。

「き、君、そんなところに」

「私、何もしていません！」

「いや、その」

高子はさらに上に登ろうと枝に立つ。

「おい！　危ないぞ、下りてこい！」

伊良昌が注意するが、その時、枝が折れて落下した。

「きゃあああ」

「あ、あぶない！」

とっさに高子を受け止めた伊良昌だったが、反動で二人もろとも芝生に倒れ込んでしまった。

「すみません、だ、大丈夫ですか」

「大丈夫だ、君は」

「い……だ、大丈夫です」

心なしかおかしな様子の高子だったが、伊良昌は高子を動揺させてしまったからだろうと思い、ゆっくりと立ち上がる。

「誤解させてすまない。とにかく君に用がある。さあ、大人しく車に乗ってくれ」

周りにいた軍人達も落下した高子を案じてくれていた。高子は申し訳なく思った。

「わかりました。お話を伺います」

「では、撤収だ」

観念した高子が彼の指示する車に乗り込もうとすると、そこにはすでに実家から持ってきた荷物が積まれていた。

「君の屋敷の運転手には説明した。この先の私の屋敷で詳しい事情を話すので、先にこの車で行っていてくれ」

「私は今日のうちに叔母の家に行かなければなりません。それは大丈夫ですか」

「あ、ああ。よし、車を出せ」

歯切れの悪い返事とともに車が発進した。

（あの軍人さん、どこかでお見かけした気がするけれど、どこだったかしら）

乗ってきた車よりも豪華な車で快適な乗り心地にようやく慣れてきた頃、とある邸《やしき》の前に着いた。

（この白亜の館は……嘘《うそ》でしょう）

神戸一と言われている有名な豪邸の大きな玄関には白髪の男性が待っていた。服装から執事だと高子は察した。

「村山様でございますね。どうぞこちらへ」

「あの、こちらはまさか西尾様のお邸ですか？」

「左様でございます。西尾家、須磨御殿《すまごてん》でございます。私は執事の森《もり》と申します」

「こ、こんにちわ……」

（なぜ西尾様が？……ああ！　そういえば！）

西尾家といえば、昨日、一郎と雪子が招かれた邸である。豪華絢爛《ごうかけんらん》な邸内に入った高子は、ようやく自分が連れて来られた理由に思い当たった。

（きっと二人がこのお邸で何か粗相をしたんだわ）

兄妹は他家に招かれた時、酔い潰れて帰れなくなったり、大切なお皿を割ってしまったり不注意で問題を起こすことが多々あった。それでも二人とも悪びれないので、高子が代わりに謝罪に行くのは日常茶飯事であった。だが今回の呼び出し方に事態の大きさを感じた高子は、謝罪だけで済むとは思えず、多額の弁償も覚悟して胸の鼓動を必死に抑えていた。

「こちらの部屋でお待ちください」

「はい」

（では、先ほどの軍人さんが、西尾様だったのね）

高子は木から落ちた時、手を捻って痛めてしまった。しかしそれ以上に、西尾財閥の若き主人を下敷きにしてしまったという事実に、心が痛む。気不味《きまず》い思いを抱えて通された客間で待っていると、ノックの音がし、扉が開いた。

「兄がお待たせしております。どうぞ、お茶を」

使用人とともに入ってきたのは、明らかにこの家の令嬢だった。

「ありがとうございます」

「私、妹の光子と申します」

愛らしいドレス姿で笑みを湛《たた》える彼女を見た高子は思わず立ち上がった。

「私は、村山高子と申します」

「存じております。高子様。ようこそおいでくださいました」

「こちらこそ、それにしても」

「ふふふふ。私たち背が同じくらいですね」

驚くほど目線が近い。しかし高子は違うと首を横に振る。

「いいえ。少し私の方が高いようですよ」

「少しでしょう？　でも嬉しいです」

目を丸くしている高子を光子は恥ずかしそうに見つめ、座るように勧めた。

「兄が何度も話すのです。武藤様の夜会でお会いした女性で素敵な人がいたと、背が高くても堂々とされてお綺麗だったと。だからお会いしたくてご招待したのです」

（この間の夜会で？……あ！　どこかでお見かけしたと思っていたけれど、あの夜会で助けてくださった方が西尾様だったんだわ！）

一郎の暴力を止めてくれた男性が先ほどの軍人であり、両親が夢中になっていた西尾家の主人だと高子はようやく理解した。

「そ、そうだったのですか」

（ということは、もしかして昨日のお招きを受けたのは、私だったんじゃ）

一郎と雪子が招待されたと思ったのは誤解だったのかもしれないと悟った高子はひとまず落ち着こうとお茶を飲んだ。そんな高子に光子がふと、小首をかしげた。

「高子様、転んだのですか？　背中が少し」

光子は高子の衣服が汚れているのに目を留めていた。

「大丈夫ですよ。それよりも私のことを、お兄様はなんと仰っていたのですか」

「今日の午後、高子様がお出かけになる途中、邸に立ち寄っていただけることになったと申していましたわ」

（……全然違うのですが）

思わず絶句した高子だったが、天使のような光子が嬉しそうに、趣味だという草花の話を始めたので、とにかく彼が来るまで待つことにした。

光子とのおしゃべりを楽しんでいると、バタン！　と突然扉が開き、汗だくの伊良昌が駆け込んできた。

「いるか！」

「お兄様！　なんて乱暴な」

「光子！　いや、その、急いでいたので」

「高子様がお越しくださっているのに、失礼ですよ」

「すまない」

（うわ。妹さんには頭が上がらないのね）

先ほどまで軍人達に命令を飛ばしていた伊良昌は、光子の前ではすまなそうに帽子を外している。

「光子、その、高子さんとは何の話をしていたのだ」

「楽しい話をしていました。ね？　高子様」

「はい。花の研究の話は実に興味深いです」

「研究なんて恥ずかしいわ。でもお兄様、高子様はなんでもご存じなのよ」

「そうか」

伊良昌は高子に瞳をこらす。その目は何かを訴えている。

（光子様に軍の検問で連れてきた経緯を語ったか、心配しているのかしら）

高子は小さく首を横に振り否定した。無言の答えを受け止めた伊良昌は安心したように妹に上着を預けた。

「光子。私は彼女と大事な話がある。お前は少し部屋に行っていなさい」

「でも、私もお話を」

「大事な話が終わったらすぐに呼ぶから」

渋る光子を追い出した伊良昌は、椅子に座ったまま会釈をした。

「村山高子殿。このたびは大変、申し訳なかった」

高子は驚いて手を振る。

「謝らないでください。それよりもどういうことかご説明くださいますか?」

「ああ。光子が話したかもしれないが」

疲れた顔で椅子にもたれた彼は、夜会で高子に出会い、同じく高身長である妹の友達になって欲しかったのだと告げた。

「そこで招待状を送ったが、君ではないご兄妹が来てしまって」

「すみません」

「謝るのはこちらの方だ」

その後、村山家を監視させていた彼は、高子が遠方に行くと聞き、焦ったと語った。

「そこで軍の訓練を利用して、君をうちに案内しようと思ったのだ」

「監視って……。それに軍って利用できるものなのですか?」

「おっと、そこはもう忘れてくれ」

白いシャツ姿の彼はため息交じりで髪をかき上げた。

「君が叔母上の家に行くという話は聞いている。だが、どうかな。今日はもう遅い、一晩だけでも我が邸で過ごしてくれないか」

「それは」

「妹のあんな嬉しそうな顔は久しぶりなんだ」

彼は前屈みになり高子を見つめた。

「光子は背が高いせいで、屋敷に引きこもってばかりだ。だから、同じく背の高い君となら、気後れせずに話ができると思うんだ」

高身長の悩みなら、高子もよくわかる。それに、今からではもう明るいうちに叔母の家に着くのは難しいだろう。伊良昌の祈るような視線に、高子は頷きで返した。

「わかりました。では、今夜だけお世話になります」

「よかった」

安堵した様子の伊良昌に、高子は叔母に電話をしたいと頼んでみた。

「電話は途中で私も代わろう。ご挨拶をしたいので」

「わかりました。ええと。電話番号は」

痛めた手首を庇って高子が片手で鞄を開けようとすると、それに気が付いた伊良昌が立ち上がる。

「何をしているのだ？　手を痛めたのか。どれ」

「痛！」

「捻ったのか？　腫れているぞ」

高子は顔を歪めた。

「平気です。冷やせば治ります……ん？」

高子は伊良昌が間近で自分を見つめていることにたじろぐ。

「あ、いや、すまん。まずは電話だ。俺が鞄を開けるぞ」

高子は彼に手帳を開いてもらい、早速、福子叔母の電話番号を伝え、つないでもらう。

『高子！　心配していたのよ。どこにいるの？』

「ごめんなさい、私、今日中に伺おうとしたのだけれど」

すると伊良昌が電話を奪う。

「もしもし、私は神戸の西尾と申します。ご主人には先日、橋の建設の件でお世話になりました」

（叔父様と知り合いなの？）

福子とそつなく話す彼は、高子の手首に目をやる。

「今日、高子嬢を乗せた車が故障しまして、たまたま軍の仕事で私がそばにいたので我が邸にお連れしました」

平気な顔でスラスラと嘘をつく彼に、思わず高子の口がポカンと開いた。

「ええ、そうなのですが、高子さんは怪我をしているのですよ。これは助けが遅れた私の責任です。いいえ。本当です！　全て自分のせいなのです」

一方的に福子を説得した彼は、最後に高子と電話を代わった。

『高子、話はわかったわ。でも怪我の治療がすんだらこちらに来なさいね』

「はい。叔母様。叔父様によろしくお伝えください」

高子が伊良昌に受話器を返すと、彼は白い歯を見せた。

「さて。これで良し！　光子を呼ぼう！　どうか光子と仲良くしてくれ！」

「お世話になります」

（妹さんのためならなんでもする人なのね）

神戸一の財閥の主人にして軍まで動かす伊良昌の勢いを見た高子は正直、唖然としていた。

三　籠の蝶

「え？　通行止めになり高子を置いてきた？」

「はい。軍の命令でして」

運転手の話を聞いた高子の父は、妹である福子からの電話で、高子が西尾家で世話になっていると聞いた。目論見とは一八〇度違う展開に、村山家は騒然となっていた。

「なぜお姉様が西尾様のお邸に行っているの？」

「そうですよ。そうさせないために福子叔母様の屋敷に行かせたはずだ！」

「二人共、静かに！　落ち着きなさい」

雪子と一郎を一喝した母は、やんわりと時計を見た。

「ここで話し合っても仕方がないわ。それに、あんな大きな娘ですもの、西尾様の家で恥をかくだけよ。それよりも雪子、一郎」

母は二人の好きな買い物をするよう勧め笑顔で励ましたが、内心では溶岩の如く噴き出る怒りを必死に押し込めていた。

西尾家と接点を持ち一郎を仕事仲間に加えてもらい雪子を嫁がせるのが、村山家の策略である。だが一郎は愚鈍で雪子は精神年齢が低い。二人には『高身長の高子がいると村山家の恥になり、策が台無しになるので家から追い出す』と伝えたが、本当は成績優秀で性格も素直な高子の存在が西尾家に知られると、高子だけが重宝されるのではと危惧していた。高子が私たちを顧みることはないだろう。それだけ蔑《ないがし》ろにしてきたということは、さすがに理解している。可愛い一郎と雪子、そして両親である自分たちが蚊帳の外に置かれるのは許せないことだった。

(西尾様の邸に行くのは、一郎と雪子よ。お前ではないわ)

高子が去った村山家には、以前よりも一層どす黒い憎しみが塒《とぐろ》を巻いていた。

＊

西尾家に一晩世話になることになった高子は、怪我の手当てをしてもらった。

通された客間には光子が持って来てくれた上品な紺色のワンピースがかかっている。着ていたスーツは汚れてしまったので本来ならば早く着替えたいが、持参した服は地味で粗末なものしかない。ワンピースは新品で高級そうで西尾家にそこまで甘えられない心境だったが、神戸一の財閥である西尾家の晩餐に高子の服は、むしろ失礼だろう。

(ここは好意に甘えるしかないわね)

高子は、紺色のワンピースを着て食事室の席に着いた。

「お似合いですわ!」

「これは光子様のお洋服ですか？　サイズがぴったりですわ」

「いいえ。お兄様が用意なさっていたのですよ。よかったわ」

（どういうことかしら？）

訝《いぶか》しく思いながらも、仕立てが良く着心地の良い服に、高子は素直に嬉しさを感じていた。

伊良昌はあれからすぐに仕事に出てしまい、豪華な夕食は光子と二人だった。光子は同じ悩みを持つ高子に心を許し、西尾家は現在、兄と自分だけの暮らしだということや、自分は身長を気にして邸にいることが多いということも正直に打ち明けてくれた。

食事を終え風呂も済ませた後、光子はまだ話し足りないようで高子の寝室にやってきた。

二人は笑いながら共通の話題で盛り上がった。

「ふふふ。光子も学校の机は低いと思っていました」

「椅子も低いじゃないですか。私の場合、先生が見かねて先生用の机にしてくださいましたよ」

「まあ、それでは目立ったのではないですか」

心配顔の光子に高子は顔を綻ばせる。

「光子様。私の背で目立たないようにするのは無理ですよ。まあ、唯一、気に入っていたことがあって」

高子は、ふと昔を思い出した。

「学校帰りの黄昏《たそがれ》時は、だんだん辺りが薄暗くなるのでお友達といてもそんなに背が気にならなかったんです。だから、その時間は好きでしたね」

「黄昏時ですか」

話が尽きない夜の女子会は、執事の森が止めに来るまで続いた。その晩、高子は痛み止めの薬のせいもあるだろうが、久々に朝までぐっすり眠れた。


翌朝。高子はスーツを諦め紺色のワンピース姿で朝の居間に顔を出した。すでに席に着いていた伊良昌に福子の家に行くと告げると、その前に病院に行けと言う。高子は朝食後、光子と西尾家の使用人とともに病院に送り出されてしまった。

前夜にすっかり打ち解けた光子は、高子のお世話をするのだと張り切っていた。医師は軽い捻挫で自宅療養と診断したが、青黒く腫れた手首を案じた光子は二日後の診察の予約を入れてしまった。

半日程度の外出だったが、日頃、邸から出ない光子はすっかり疲れてしまったようで、高子は光子を邸に連れ戻ると、執事の森に託した。

「森さん。光子様をお部屋にお願いします」

「お疲れでございましたね。お嬢様、どうぞおやすみください」

「高子様、どうかお兄様がお戻りになるまで、ここにいらしてね」

「は、はい」

自分の診察のせいで疲れさせてしまったのだと思うと、光子の言葉は重い。高子は仕方なく与えられた部屋で待ち、夕刻に帰宅した伊良昌に報告した。

「捻挫なのは承知した。ところで、君の叔母上に会ってきたぞ」

「福子叔母にですか」

「ああ。君の滞在許可をもらってきた。内容はここに書いてあるので、読んでくれ」

高子に書面を渡した伊良昌は自信満々で座っている。書面には高子が住み込みで西尾光子の家庭教師をすると書いてある。

「これを叔母が許可したのですか？」

「許可、というよりも承認だな。まあ、気にするな」

高子の怪しむ視線をはぐらかして、伊良昌は脚を組んだ。

「君のことは調べさせてもらった。背が高いせいで苦労をしていることかと思う。そこでだ」

このまま西尾家に滞在し、光子の家庭教師をして欲しいと彼は告げた。

「光子は君の前ではあんなに朗らかだが、ずっと仲良くしていた女友達が光子の背丈を馬鹿にするような交換日記を同級生で回覧していたんだ。それを知って人間不信になってしまって」

「それは、あんまりですね」

「まあ、その者達は神戸から排除したが……くそ、また悔しくなってきた」

（この人、光子様のことになると、本当になんでもしてしまうのね）

自分を家に連れて来るために軍を使い、検問までした伊良昌の力に高子は呆気にとられる。

「だが、君は違う。だから君に決めた」

(理由はわかったけれど、私は専門家ではないわ。勉強を教えるなんて無理よ)

「でも、家庭教師はできません」

「なんだと」

「どうか他の優秀な人に頼んでください。この通りです」

「高子嬢」

立ち上がった伊良昌を、高子は見上げた。

「なぜそんなに出て行きたいのだ」

「り、理由がないからです」

「ある。君がいないと光子が困る」

「ですが、背が高ければ誰でも良いかと」

「だが、怪我は私のせいだ」

伊良昌が高子にグッと近づく。

「お、お顔が近いのですが」

「引き受けると言ってくれ。そうでないとまた軍を使わないとならない」

(軍を？　なぜ、そこまでするの？)

高子がまっすぐ伊良昌を見るとその目は真剣だった。

「それに、家庭教師は形だけだ。君は、そばにいてくれれば、それだけでいい」

「そばにいるだけ」

(そうか、私は妹さんの引き立て役という意味なのね)

彼が欲しいのは、妹のための高身長の女友達ではない。妹を小柄に見せるための存在なのだと高子は解釈した。伊良昌の妹を思う気持ちに温かいものを感じていた高子は、急に冷静になっていく。

「それに、口に出すまでもないが、私は君の叔母上のご主人の会社や、君の実家の事業にも遠からず関係している。それを頭に入れてくれ」

(拒否権はない、ということね)

「わかりました。では、お引き受けいたします」

「わかればいい」

「一点だけお願いがあります」

高子は期限を決めて欲しいと言った。伊良昌は頷き、書類を手にした。

「光子が嫁に行くまでだ。婚約者はいるから数年だと思う」

「では、そのように書面に一文加えてください。それで結構ですから」

伊良昌は目の前で万年筆を取り出し、書類に追記した。高子はそれをどこか寂しい気持ちで見ていた。

(小柄に見せるためか、まあ、そうよね)

光子は無邪気で愛らしい年下の女の子である。同じ悩みを持つ高子には、伊良昌の気持ちもよくわかる。それに高子は福子叔母の家に行っても、家事手伝いをしながら仕事を探すつもりだったのだ。

(そうよ。西尾家に就職したと思えばいいのよ)

高子は気持ちを前向きにもっていくことにした。

「よし書いたぞ。これでもう君は俺のものだ。いや？　違った、光子のものだ」

「ふ」

「ん？　笑ったか」

「いいえ」

高子は咳払いをして誤魔化した。その時、部屋に光子が入ってきた。

「お兄様、高子様、お話はまだですか？」

「済んだよ？　さあ、入っておいで」

（何？　この変わりよう？）

つい今しがた高子に手厳しい弁護士のように迫っていた彼は、光子の前で上機嫌に目尻を下げている。思わず高子は顔を背けて笑いを隠した。

「な、何がおかしい」

「高子様？」

「ふふふ、いいえ、ふふふ」

（ここにいる全員、背が大きいなんて。初めてね）

伊良昌も光子も高子もかなり背が高い。どちらを見ても目線が近い高子は、この世界が楽しく思えてきた。伊良昌は光子に高子が正式に家庭教師を引き受けてくれたと伝えた。

「光子様、伊良昌様。どうぞ私のことは高子と呼んでください」

「承知した。高子」

「お兄様！　失礼よ」

「だってそう呼べと言ったじゃないか。なあ、高子」

「はい。ふふふ。あ、痛」

「そうだわ！　お兄様。高子様はやはり捻挫のようよ」

「そうだったな。高子、俺に摑まれ」

「私に摑まってください。高子様」

「お二人とも、痛むのは手なので大丈夫ですよ」

（元気で優しい兄妹なのね、ふふふ）

伊良昌も光子も心配し大騒ぎをしている。高子は嬉しさで心がくすぐったくなった。

こうして、西尾家での家庭教師生活が和やかに始まったのである。

四　引き立て役

「光子様、あそこがカステラのお店です」

「わあ、人がたくさん！　それにいい香り。あ！　楽しいわ。もっと他のお店も行ってもいい？」

「どうぞ。お好きなだけご覧ください」

西尾家にやってきて三ヶ月。高子はすぐに光子と仲良くなった。背丈を気にして邸にこもっていた光子も、高子がいることで勇気が出たのか外出できるようになった。

今日の光子は小ぶりの白い帽子にピンクのワンピースをふんわりと着こなし、ずっと憧れていたという踵のある靴を履いている。一方の高子は白いブラウスと紺のスカートに踵のある靴であった。愛らしい光子を小柄に見せるべく美麗に姿勢を正す高子は、大きなつばの帽子を被り体が一層大きく見える。

「ふふふ」

「ん？　どうされましたか」

歩いている光子は帽子を被り直しながら目を輝かせる。

「だって、高子様は私と歩幅が同じなんですもの。歩きやすくて」

「それは私も同じですよ」

高子も朗らかに語る。

「小柄な人に合わせて歩くのは気を遣いますものね」

「高子様とはそれがないから楽なの。ああ、楽しいわ」

すれ違うとほとんどの人が振り返るが、二人は晴れやかな気分で西尾邸に帰ってきた。


「ただいま。あら、お兄様、いらしたの」

「いたら悪いか。そんなに買ったのか？」

高子が持っている大量の紙袋に驚き、伊良昌が受け取ろうとする。

「大丈夫ですよ、私、体力には自信があるので」

「何を言う。高子も休め」

「いいえ。私よりも光子様に休んでいただきましょう」

高子は光子に水を飲ませ、自室で休憩させることにした。その間に、高子は買った物や使ったお金を森に報告する。それを伊良昌は眉を顰めて聞いていた。

「とにかく高子も休め！　命令だ」

「そうですね。高子様、今、お茶をお持ちしますので」

森にも言われた高子は、居間の椅子に座り今日の報告をした。

「伊良昌様。実は帰る途中、光子様のご学友に会ってしまったのですが、光子様は毅然《きぜん》として、先に挨拶されましたよ」

「光子が先に挨拶を？　本当か」

「はい」

「そのご学友は光子様が学校に来るのを待っていると言ってくださいました。とても感じの良いお嬢様でしたよ」

「だが無理することはないな」

「そうですね。学校に行くのは光子様次第ですね」

そこへお茶の用意を持って、森が入ってきた。

「お話し中、失礼いたします。ちょうどそのことで女学校から手紙が来ています」

手紙には光子の今後について保護者と話をしたいと書いてあった。

「どうしたものかな」

「私が代わりに聞いてきましょうか？　学校がどうお考えなのか、伺ってきますよ」

「いや。俺も行く！　高子もついて来い」

(伊良昌様が行くなら私は必要ないと思うけれど)

「これは光子のためだ！　高子、お前も頼むぞ」

「わかりました」

伊良昌は光子のことになると激熱《げきあつ》になる。これを案じたのか、森も頼むという視線を高子に送ってきた。


光子の女学校の面談の日。西尾家の豪華な車で登場した長身の二人は、女学校でテニスをしていた生徒を立ち止まらせた。伊良昌は夏のスーツ姿で爽やかだが、威風堂々とした目は真剣である。一緒に歩く高子は、紺色のワンピースを着て背筋を伸ばし、涼やかに校長室に入っていった。担任と学校長は家庭教師の高子の同伴を予期していなかったようだが、伊良昌の威厳の前に同席を認めた。この状況を見た高子は思わず場を仕切り出した。

「それでは、光子さんの状況を教えてください」

「は、はい」

交換日記事件のせいで心身疲労となった光子は、一学期は病欠扱いだったという。

「成績は申し分ありませんでしたが、試験を受けていませんので留年か、その、退学に」

「光子が退学だと⁉」

「伊良昌様！　お静かに！」

高子は彼の肩を押さえて座らせ、なんとか学校側に切り出す。

「では、試験をお願いします。追加試験でも論文の提出でも構いません。光子さんにその機会を与えてください」

「ですが」

「前例がないので」

担任と学校長は冷や汗をかく。伊良昌は腕を組み、鬼のようにギリギリと睨んでいる。隣に座る高子は彼の膝を押さえた。

「先生。入院中で欠席が続いている場合、病院で試験を受けられるはずです。光子さんは自宅療養ですので、等しく受験できる資格があるはずです」

「それは、そうですが」

「西尾様、本校には真面目に通学している生徒がいます」

その生徒達を思うと長期学校を休んでいた光子が、試験を受けて簡単に復学するのは公平ではないと学校長は真顔で語った。高子はまっすぐ学校長を見つめた。

「確かに公平ではありませんね」

「高子！」

「いいから落ち着いてください。学校長」

高子は伊良昌の手を握って説いた。

「光子さんは背が高いと虐《いじ》められ、心身疲労で通えなくなっているのです。それなのに退学とは公平ではありません」

「恐れながら、関係した生徒は退学しております」

「それは生徒側の対応であって、学校側の対応ではありません」

高子は力説した。

「光子さんも虐めがなければ通学できたはずです。どうか、再試験をお願いします」

伊良昌が怒りを込めて校長を睨む間、高子はずっと頭を下げていた。すると学校長は折れたように追加試験を了解してくれた。後日、試験日を知らせると聞いて、二人は学校を後にする。

「ふう、これでなんとかなりますね。あ、その手はどうしたんですか」

「お前がバカ力で握るせいだ」

帰りの車で後部座席に並んで座った伊良昌の左手は真っ赤になっていた。

「すみません！」

「悲鳴を上げるところだったぞ」

「ああ、これは」

手を取り心配そうに撫でた高子を見た彼は笑った。

「ふふ、いいんだ。それにしても」

高子が真剣に交渉している姿を伊良昌は頼もしく思っていた。

（光子のためか）

出会った時、男装だった高子がワンピース姿で隣に座り、優しく自分の手を撫でている。

あの時、なぜ男装だったのか気になって調べた伊良昌は、彼女が高身長だからという理由で家族に冷遇されていることを突き止めた。光子も高身長を理由に虐められていたので伊良昌は憤り、高子を家庭教師として呼び寄せる決意をしたのだった。伊良昌は妹を溺愛するあまり、他の女性をこれまで意識したことがなかった、しかし夜会で背筋が伸び凛《りん》とした高子を見てから、なぜか彼女でなければならない、ずっと一緒にいたい、という熱い思いを胸に抱いていた。

（もっと俺のことも気にして欲しいのだが）

「まだ時間があるな。ちょっと付き合え」

伊良昌は運転手に元町商店街へ向かうように指示をした。

「もしかして、光子様をお連れしたカステラのお店ですか」

「そうだ。俺も行きたい」

「いいですね。お好きなところに行きましょう」

「別に、お前が行きたいところでいい」

「何を仰るのですか。伊良昌様、どこでもいいですよ。高子がお連れします」

「俺はお前がいればそれでいいのだが。そうだな」

西尾家の専属運転手は後部座席の甘い会話を微笑ましく聞いていたが、二人は真顔である。

「光子が買った店とは違う店がいいな。食べ比べをしてやろう」

「それには良い店があるのです！　新しくできた西洋菓子のお店で」

「ほう？　それは楽しみだ。行こう、一緒に」

車から降りた二人は通行人よりも頭ひとつ高い。夏の神戸の夕暮れの街で二人は爽やかな風に包まれていた。

五　高い望み

「合格おめでとうございます」

「ありがとうございます。高子様のおかげです」

　後日、試験を受けた光子は合格の知らせを受け取った。高子や使用人達から拍手を受け、光子は恥じらいながら語る。

「試験の日に久しぶりに学校に行ったら課外活動をしていたお友達に会えて嬉しかったです。夏休みが明けたら学校に行きたいです」

「そうですか！　ではそれまでに」

（勉強も遅れのないようにしないと、それに夏休み明けにも試験があると思うし）

　家庭教師は荷が重いと謙遜していた高子だったが、女学校で成績優秀だった能力を活かし、復学した光子が困らないように今からできることを教えたいと考えていた。

　その夜。高子は日課である報告をしに伊良昌の寝室を訪れた。風呂上がりの伊良昌は葡萄酒を飲みながら話を聞いている。

「勉強は光子様なら大丈夫ですわ。登校も最初のうちは私が付き添う予定ですが、必要がなくなったら、失礼しますので」

「無理するなよ。お前も」

「ご心配には及びません。あら、伊良昌様、髪がまだ濡れていますよ」

「ん？　拭いてくれ」

「わかりました」

（なんだか、最近こういうのが多い気がする）

そばにいてわかったことだが、伊良昌という男は甘えるのが上手である。高子は実家で兄の世話をしてきたこともあり、つい伊良昌の世話を焼いてしまう。

「ところで、今度、我が家で茶会をすることになった」

「お客様はどのような方々ですか」

「西尾家にとって昔からの知り合いばかりだ。その茶会で光子に自信を持たせる作戦なのだ。その日、光子の婚約者も呼ぶ。久原房成《ひさはらふさなり》というのだが俺達の幼馴染でな。ずっと光子を心配しているのだ」

「では、光子様の身長を知っている人ばかりですね」

「いや。どうかな」

ここ数年、光子は接客時に椅子に座って会っていたはずなので、知らないかもしれないと彼は目を瞑る。

「光子は子供の頃は普通だったんだが、いつまでも伸び続けて大きくなったんだ」

「そうでしたか、私は元々大きいのです。背の伸び方にも色々あるのですね」

「その日、親戚も来るが、お前を紹介するからな」

「わかりました。では、お召し物ですね。光子様には背を気にせず、お好きなドレスを着ていただきましょうね」

「お前もだぞ」

座ったままの伊良昌は背後に立ち髪を拭く高子の手に自分の手を重ねた。

「言っておくが男装はダメだからな。遠慮せず女らしく、そして品のある」

「でしたら、いつもの紺のワンピースでお出迎えします」

「あれはダメだ」

彼は高子の手を引き、顔を見上げた。

「あれは俺も気に入っているが大人に見えすぎる。着るのは俺と出かける時だけだ。新調しろ！　命令だ」

伊良昌は口を尖らせると高子の手を離し、背を向けた。

「それよりも、お前、俺の服は気にしてくれないのか」

「え、それは森さんが決めるのでは」

「うるさい！　そもそもお前は光子ばかり構って、俺のことはなおざりだ」

（また始まったわ）

高子はため息交じりに、機嫌を損ねてしまった伊良昌の肩を揉み出した。

「いいえ。高子は伊良昌様をなおざりにはしていません」

「嘘だ」

「確かに光子様が最優先ですが、伊良昌様はその次です」

「一番じゃなきゃ嫌なんだ俺は、いつだって」

(妹さんの家庭教師に任命したのはあなたなのですが)

素直というか、無邪気というか。そんな彼は可愛いが、笑うと怒られる。

「そうだわ。今は、伊良昌様が一番ですよ」

光子は寝ている時間なので当然である。不自然な沈黙を訝しく思って彼を見ると、もう寝息を立てている。高子は優しく起こすと、肩を回し彼をベッドまで連れて行った。

「眠い。お前も一緒に寝てくれ」

「はいはい。おやすみなさい」

(会社も軍も仕事があるし、疲れているのね)

実業家と軍人の二足の草鞋《わらじ》の彼は多忙である。高子はその疲労を思い、布団をかけて寝室を後にした。


一週間後の昼下がり。西尾邸で茶会が開催された。気心知れた人達の集まりに、伊良昌も光子も終始笑顔であった。

「まあ！　光子さん。あんなに小さかったのに、いつの間にこんなに大きく⁉　いえ、そんなつもりじゃなくて」

「ふふ。伯母様。おかげさまで大きくなりましたの」

高身長を驚かれても光子は動じず笑いで応える。背後で引き立てている高子は参加者が優しい人達だと見抜いていた。

（このお茶会は成功だわ、さすが）

高子が伊良昌に目をやると彼は目配せをして喜びを伝えてきた。

（どうだ。俺の作戦は）

（お見事です）

彼の満足げな顔に笑いを堪《こら》えていた時、優しそうな男性が光子に挨拶に来た。

「光子。元気になったのか？」

「房成さん！」

（あ！　まずい。光子様の方が背が高いわ）

親しげな会話から彼が婚約者だと悟った高子は援護しようとそばに立ったが、二人は気にする様子もなく見つめ合っている。

「はい。いつもお手紙ありがとうございます」

「そうか。ずっと会いたかったよ」

「ごめんなさい。あの、私、背がずいぶん伸びてしまって」

光子は恥ずかしそうに告げた。頬を染める彼はふと光子を見上げた。

「ん？　そうかい。前からこんなもんだろう。それよりも」

彼は待ち遠しかったと言わんばかりに喜びを放ちながら光子の腕を取り、庭へ誘って行ってしまった。甘い世界を垣間見た高子は呆然と立ち尽くした。

（婚約者さんは、光子様が大きいことをとっくに知っていたのね）

彼は光子に会えて本当に嬉しそうだった。光子も彼に心を許している様子に高子は胸を撫で下ろしていた。

（そうだわ。このことを伊良昌様にお伝えしておこう）

広間を見回すが伊良昌はいない。そこで隣接する小部屋に足を向けると話し声がした。

「伊良昌。あの女性家庭教師は村山の娘だって言うじゃないか」

「それで最近、あんな村山と仕事をしているのか」

「うるさい」

（私のこと？　そうか、伊良昌様は、お父様と仕事をしてくださっていたわね）

立ち聞きは悪いことだと思ったが、どうしても話が気になってしまう。

「お前にしては仲良さそうじゃないか」

「ひょっとしてお前の嫁さん候補か」

「うるさい、放っておいてくれ」

伊良昌は面倒そうに語っていた。その冷たい声を聞いた高子はその場を離れた。なぜこんなに悲しいのか気が付かないふりをするのがやっとだった。

（私は光子様の家庭教師よ。それだけじゃないの）

実家では背が大きいことで虐《しいた》げられていたが、西尾家の人達とは初めて伸び伸びと暮らすことができて充実していたはずだった。それだけで十分すぎるくらい幸せに感じていたはずなのに、なぜか心に穴が空いたようだった。

（しっかりして！　私は光子様の、引き立て役なのよ！）

化粧室に駆け込んだ高子は、思わず顔を洗ってしまった。せっかくの化粧が落ちたが、同時に涙も流れてくれた。ハンカチで顔を拭いた高子は、大きく深呼吸をした。

（さあ、お茶会を最後まで成功させるのよ。それが、私の務めよ）

鏡に自分の笑顔を映した高子は広間に戻った。背を伸ばし歩く高子は、伊良昌を思う心を玉手箱に閉じ込めるように蓋をした。

夕暮れ時、お茶会はお開きになった。高子は光子と伊良昌とともに客を見送る。

「はあ、疲れたな。でも、どうだった光子」

「はい！　久しぶりに皆さんに会えて、嬉しかったわ」

「高子はどうだった？　我が家の茶会は初めてだったからな」

（二人とも嬉しそう）

「高子？」

「高子様。お疲れでしたでしょう」

心配そうに見つめる二人に高子はハッとした。

「いいえ。普段から鍛えているので問題ありませんわ。さて、片付けですね」

（私のこの気持ちを悟られるわけにはいかないわ）

高子は悲しさを押し殺し、うーんと背伸びをして二人に背を向けた。高台にある西尾邸の庭をも背にした高子は、黄昏の時に身を任せるように邸へと戻って行った。

＊

一年後。

「本当にあの光子様がおいでになるのですか」

「人見知りで有名ですよね」

「ええ。ご招待をしたらぜひ、とお返事を。あ、いらしたわ」

社交界の昼のお茶会にやってきた光子は、堂々と参加者に微笑む。

「みなさま。ご機嫌よう。本日はお招きありがとうございます」

こちらこそ、と全員が光子に会釈した。そんな光子はチラと背後の女性に目を向けた。

「ご紹介します。私の家庭教師の村山高子様です」

「ご機嫌よう」

その場にいる全員が高子に目を奪われた。光子の背後に立つ彼女は場を包むように大きい存在に見えた。参加者は早速、光子と高子に椅子を勧めおしゃべりを始めた。

「まあ、静養されていたと聞いていましたが、復学をされたのですか」

「そうなのです。高子様と出会って、今は卒業しましたわ」

「高子様は、確か、以前は男装をされていたのでは」

「ええ。そちらの方が良かったですか？」

美麗な姿の高子に見つめられた令嬢は頬を染める。

「そ、その、私、とても素敵だと思っていたもので。でも、今の高子様の方が素敵ですわ」

「ありがとうございます」

お茶会は和やかに終わり、二人は西尾邸に帰ってきた。

「どうだった？　お前の背丈を馬鹿にする奴はいなかったか」

「お兄様。光子はもう大丈夫だと言ったでしょう」

「光子様。伊良昌様は心配なのですよ」

「あら？　高子様もそうよ」

光子は高子を見上げた。

「高子様は私の背が低く見えるようにいつもお側にいてくださるけれど、光子はもう平気なのよ、それにもうすぐお嫁に行くのですもの」

光子は磨を見た。

「いつまでも高子様に甘えていられないわ。頑張らないと！」

「光子」

「そうですね」

(結婚が決まってから、光子様はより芯が強くなったわ)

光子の婚約者は資産家であり優しい好青年である。二人の結婚はもうすぐであった。

(私の役目も終わりね)

西尾家に来て一年余り。高子と過ごしている間に光子は精神的に強くなった。女学校にも通えるようになった光子を見て高子は早めの退職を申し出たが、邸の一切を取り仕切る森の体調が悪くなり、高子は彼の仕事も手伝うために残ることになった。そんな森も順調に快復してきたのだが、光子を嫁に出すまで西尾家にいる契約のもと、高子は家庭教師を続けていた。

光子が部屋に下がったため高子も戻ろうとすると、伊良昌が手招きをした。

「高子。実はまた手紙が来ていた」

「例の男ですね」

伊良昌は頷く。光子の結婚が決まった頃から、光子へ恋文が届くようになった。送り主が不明な上に、一方的に光子を恋い慕うような内容に、伊良昌と高子は危険を感じていた。

「軍でも調べようとしているのだが、手紙を送ること自体は犯罪ではないと他の者が消極的なんだ」

「そうですか」

せっかく元気になった光子の耳に、この話は入れていない。しかも近く光子は結婚し、神戸を離れることになっている。放置していても良いのではないかと思いつつ、どこか不安を感じ二人は心配していた。

「高子。光子はああ言っていたが、今度の夜会には一緒に行って欲しいのだ」

「わかりました。光子様には独身最後の集まりだからといって、私がご一緒させていただきます」

「俺も行くからな」

「承知しました」

（そうよね。心配よね）

しんみりしている彼を可哀想に感じながらも高子は着替えのために退室しようとした。

「高子、その夜会の後、大事な話があるからな」

「わかりました」

（私が出て行く話でしょうね）

福子から先日聞いた話によれば、実家の村山は近頃慣れない投資に失敗し西尾家に金の無心をしているということだった。伊良昌に迷惑をかけていることを知り、高子は心を痛めていた。

＊

夜会の当日、三人は連れ立って招かれた邸へ向かった。

「まあ、西尾様。ご兄妹で仲良いこと」

「ご招待ありがとうございます」

「奥様。今宵のお誘いありがとうございます」

「ほほほ。何を言うのです。それよりも、そちらが高子さんね」

「はい」

伊良昌と光子の背後に立つ高子に夫人は目を細めた。

「以前は男装でいらしたけれど、まさかこんな美しい方とは存じませんでしたわ」

「恐れ入ります」

「そんなあなたにご紹介したい殿方がいるのよ」

伊良昌も振り向くと、そこにはにこやかで裕福そうな男性がいた。

「初めまして。私は国本《くにもと》と申します。大陸で仕事をしている者ですが、あなたのような女性が理想なのです」

「え？　私がですか」

「はい、そうなのです」

彼は背の高い女性が理想だとサッと手を差し出す。

「どうか、踊っていただけないでしょうか」

「本当に私とですか？　でも」

「高子様、光子のことは気にせずにどうぞ」

「おい、光子！」

突然紹介された男性と踊る高子を見た伊良昌は不機嫌顔であるが、光子は嬉しそうに見つめる。

「お似合いかもね」

「うるさい。あんな男だめだ」

「お兄様、大陸の方では背が大きい女性が好まれるそうよ」

光子はこの日の参加者を見渡した。

「人口が多い国では個性的でないと目立たないでしょう？　高子様はまさに理想の方ね」

「……」

「お兄様、そろそろご自分の心配をしてくださいね」

光子の言葉を重く受け止めていた伊良昌に、話しかけてきた人物がいた。

「高子がお世話になっています」

「妹の雪子でございます」

村山一郎と雪子が猫撫で声で笑みを浮かべていた。伊良昌は正直、面倒だったが、高子のためと思い、相手をした。

夜会を終えて帰宅すると、西尾家に軍から緊急の連絡が入っていた。

「高子。光子には秘密だが、我が西尾の会社が放火された」

「え」

「そちらは鎮火したようだが、会社ではなく西尾家への恨みによる犯行の可能性もある。我が邸も危ない。見張りをおくが用心してくれ」

「わかりました」

(何事もなければ良いけれど)

軍服に着替え出かける彼を見送る高子の胸は、不安でいっぱいだった。

＊

その後、西尾の関連会社への放火が続いた。伊良昌はその調査のため多忙で邸にはもう何日も帰っていなかった。

「高子様、またこの手紙が」

「貸してください。これは」

主人がいない西尾家では、今や使用人は高子を頼っていた。森から受け取ったのは以前から何通も送られ続けている光子を慕う男からの手紙だった。光子への思いの丈が綴られ、とにかく一度会って欲しいと初めて日時と場所が書いてあった。高子は手紙を胸に抱いた。

（ここに行けばこの男に会えるかもしれない）

その夜、高子は一人今日の手紙を読み返した。そこには結婚を止めるように書いてあった。

（光子様には幸せになってほしい）

高子の心に『手紙を出すだけなら、犯罪にならない』と言っていた伊良昌の苦悩する声が響いていた。彼が誰よりも妹を愛していることが、高子の切ない心を一層締め付ける。

（こんな私でも、優しくしてくださったんですもの）

月夜を眺めていた高子は覚悟を決めた。

六　乙女の真心

「光子様。実は女学校時代のお友達に会いにいくのですが、お洋服を貸していただけませんか」

「もちろん良いのですが、私の服でよろしいの？　新調していただいてもいいのに」

不思議そうな光子に高子は、目配せをした。

「実は可愛い服を着て、みんなを驚かせたいと思いまして」

「まあ!?　それなら着ていただきたい服があるの。前から高子様にお似合いだと思っていたのよ」

手紙のことを知らない光子は、服と帽子とバッグを快く貸してくれた。多忙な伊良昌にも何も告げなかった高子は、二人に心で詫びながらも待ち合わせの神戸旧居留地街にあるカフェーにやってきた。

（手紙では窓際の席に座っていると書いてあったはず）

しかし席には誰もいなかった。帽子を深く被った高子が、指定された席で男が来るのを待っていると、隣席の恋人同士らしき男女が恥ずかしそうに話をしている様子が見えた。

（伊良昌様と光子様も、まるで恋人同士のように仲良くされていたわね）

以前、三人で外出した時、高子は兄妹の時間を作ってあげようとわざと本屋で時間を潰していたことがあった。あの時、店外から見えた窓辺の二人が羨ましいほど幸せそうに見えていた高子は、自分こそが伊良昌のそばにいたいと思っていることに気付いてしまった。あの日のことを思い出し、高子は思わず笑みをこぼした。

（こんな可愛らしい服を着たせいね。そんなこと、できるはずもないのに）

伊良昌は高身長の自分を評価してくれた恩人だが、実際には光子の引き立て役として雇ってくれているにすぎない主人である。そこには、恋も愛もないのだ。

（お二人には幸せになっていただきたいもの）

高子は二人が大好きだった。だから手紙の男に会う覚悟を決めたのだったが、一時間待っても誰も来ない。注文した珈琲もすっかり冷め切ってしまった。高子は男に会うのを諦めて店を出た。

（仕方ないわ、帰ろう）

店を出ると、一気に緊張が解けた。ホッとした高子は、邸に帰ろうと路地に入った。

「光子さん」

「え」

誰もいない裏道で蚊の鳴くような声がした。振り向くと、そこには肩で大きく息をしながら男が一人立っていた。

「はあ、はあ、け、結婚するって、本当か」

「あなたは、誰ですか」

帽子で顔を隠している高子は、男の鼻から下しか見えない。

「答えろ！　お前は俺に微笑んだじゃないか！」

怒鳴り声の男は手に刃物を持っていた。高子は恐怖で後退《あとずさ》りする。

「落ち着いてください。ね？」

「お前は、俺というものがありながら」

（逃げないと！）

高子は被っていた帽子を男に投げ背を向けて走り出した。しかし、男の足音が迫る。

（え？）

「お前が悪いんだ、お前が全部」

ドン、とぶつかられて一瞬後に背中に衝撃が走る。突然の痛みを堪えながら高子がゆっくり振り返ると、そこにいたのはよく見知った顔だった。

「一郎お兄様？」

「た、高子か？　な、なぜお前が」

高子は路地に倒れた。痛みに耐え、なんとか仰向けになり青空を見る。

……これで、役に……立てたかな。

痛い箇所に手を置くと熱いものがどくどくと流れていく。遠くなる意識の中、誰かの悲鳴が聞こえた。体に力が入らず、頭が真っ白になっていく。目を瞑ると、なぜか怒っている伊良昌が見えた。

そんなに怒って……ごめんなさい……。

喜びと悲しみが混じった涙で視界をにじませ、大好きな伊良昌に心の中で何度も詫びながら意識を失った。

＊

「……気が付いたのか？　全くお前は何をしているんだ！　心配をかけて！」

一命を取り留めた高子が目を覚ますと、目の前で伊良昌の怒りは最高潮に達していた。

「お兄様！　そんな言い方は」

「うるさい！　勝手なことをして！」

伊良昌は怒りに任せて病室を出ていく。光子は兄の態度を謝りながら、高子の手を握る。

「それにしてもよかった！　高子様の命が助かって」

「ごめんなさい、光子様。本当に」

号泣する光子を見て、それほど彼女に心配をかけてしまったのだと知った高子は、自らの行動を後悔し泣いた。

その後、一郎は自首し留置場にいるらしい。光子に一目惚れした一郎は、恋心を歪ませ執拗に手紙を送ってしまい、放火も自分がやったと自供したそうだ。さらに一郎は酒にも溺れていた。村山夫婦は西尾家に謝罪にきたが、それは光子への執拗な手紙と放火に対する詫びであった。さらに刺されたのが身内の高子でよかったと話す夫婦に、伊良昌は怒りをそのまま浴びせ、今後全ての付き合いを断つことを言い渡したらしい。

神戸一の財閥の西尾家に嫌われたら商売はできないと、村山夫婦は絶望して帰っていったという。


その後、高子の傷は順調に快復し、退院の日が目前に近づいていた。

「いよいよ退院だそうだな」

「伊良昌様」

病室にやってきた彼は、座って言った。

「あのな、前からお前に言おうとしていたんだが、その、これからのことなんだ」

「はい。そうでしたね」

(光子さんの結婚後の話ね)

契約はそこまでである。高子はベッドで身を起こし、真顔の伊良昌を見た。

「その傷もそうだし、お前がこんなに苦労したのは俺の責任だ、だから責任を取らせてくれ」

「責任とは?」

「そ、その、嫁にもらってやるということだ」

(もらってやる、か。そんな無理することないのに)

二人だけの病室に静かな時間が流れた。

「伊良昌様。私のことでしたら大丈夫です」

「え」

「責任に感じないでいただきたいのです。それに、犯人が身内ですから」

高子はそっと微笑んだ。黄昏時の病室は、高子の悲しい気持ちを誤魔化すように薄明かりに包まれている。

「無理して私を妻にすることはありません。どうか本当にお好きな方と幸せになってください」

「だが、それは」

「傷跡も、見えない場所にあるんですよ」

彼が気にしないように高子は笑顔を作った。伊良昌は納得できないとばかりに立ち上がる。

「返事はまた後で聞く！　とにかく俺は進めるからな」

伊良昌は怒って部屋を出て行った。高子の胸がぎゅうと締め付けられる。

（私が怪我をしたからといって、無理をさせるわけにはいかないわ）

数日後、高子は医師に無理を言い、その日のうちに退院し福子叔母の屋敷に来た。全ての事情を知っている福子は心身ともに疲れていた高子に優しくしてくれた。

（今頃は、光子様の結婚の支度で忙しいわね）

高子は窓から外を見ていた。静かな時間は心を整えてくれるが、思い出すのは伊良昌のことばかりだった。

（泣いても仕方ないわ。求婚してくれたのは義務感からだもの）

ただ背が高いだけで光子の、そして伊良昌のそばにいられた高子は、胸の中の彼を忘れようと夕焼け空を眺めていた。

「高子。お客様よ」

部屋に入ってきたのは伊良昌だった。

「話をつけに来た」

「伊良昌様」

二人の様子を見た福子は、そっと退室した。

「傷は塞がったのか？」

「はい」

「まず、この書類だ」

家庭教師契約の書面を伊良昌は高子の目の前でビリビリと破き、投げ捨てる。

「これで当初の契約は無効だ。そして、お前のその傷についてだ」

伊良昌は椅子に座っている高子に歩み寄った。

「俺は確かに責任があると言ったが、それは本当にそう思っている。だが、それを理由に結婚をしようと言ったのは間違いだった」

彼は悔しそうに高子の手を握り、片膝をついた。

「本当にお前なんだ、なあ、どうしたら信じてくれるんだ」

「伊良昌様」

「好きなんだ。高子、俺と、俺と一緒になってくれ」

彼は高子の手に額を当てた。その体は震えている。

「本当に私なのですか？」

「ああ」

「こんな大きな女でも？」

「高子、聞いてくれ」

伊良昌は顔を上げた。

「俺はお前よりも大きいぞ」

伊良昌は高子の手を取り立ち上がらせた。夕日色の部屋で二人は見つめ合う。

「高子、俺はお前じゃなくちゃダメなんだ」

思わず涙がこぼれる。高子は、ずっと片想いしていた自分の心に血が通った気がした。

「は、はい」

伊良昌はふんわり高子を抱きしめた。そして額を付け二人で微笑み、口づけを交わした。

「さあ、帰ろう」

「え？　もうですか？」

驚く高子の頬に伊良昌は唇を当てる。

「ああ、だってな。お前がいないと俺は嫌なんだ。寂しくて死にそうになる」

「まあ。ふふふ。ふふふ。痛、傷口が」

「なんだって？　おい。無理するな」

笑顔が溢れる二人の部屋には黄昏の風が入っていた。

半年後。

「なあ、花嫁さん、背が大きくないか」

「角隠しのせいですよ」

「そうかな」

神前結婚式で遠縁の親戚の夫婦の夫は、白無垢の花嫁を見て首を傾げる。

「神主よりも大きく見えないか？」

「そんなはずないでしょう。ほら、妹の光子さんをご覧なさい」

式に参加していた光子は、夜会巻きにして髪飾りをつけていた。これを夫に目で教えた妻は、花嫁は光子と変わらないと囁いた。

「ね」

「そうか、気のせいか。それにしても、西尾家の結婚式は規模が大きいな」

「ふふ、神戸一の財閥ですものね、伊良昌さんもあんな綺麗で有能なお嫁さんをもらうのですもの。西尾家はもっともっと大きくなるでしょうね」

そんな声も聞こえない二人は、社の廊下をそっと歩いていた。

「高子。手を」

「ありがとうございます。着物が重くて」

妻の手を取って歩く彼は星が煌めくように笑う。

「よかった。その格好では木に登れないからな」

「またその話ですか。ふふふ、大丈夫です。もう逃げませんから」

神戸の町。高子と伊良昌は笑顔で見つめ合っている。

龍神様の許嫁

望月麻衣

＊

山が燃えているようだ。

鳥居の向こうに聳《そび》える山は、夕陽が反射して橙色《だいだいいろ》に染まって見えた。山頂が眩《まぶ》しく光っている一方で、麓《ふもと》は鬱蒼《うっそう》としている。まるで山が口を開けているかのように、ぽっかりと穴が空いているせいもあるだろう。その洞窟は奥が見えないくらいに真っ暗なのだ。

一応、奥へ向かって、灯籠《とうろう》が並んでいるが、今は灯されていなかった。

この地に連れて来られた連城紡希《れんじょうつむぎ》は、綿帽子が屋根に引っかからないように気をつけながら輿《こし》から降りて地に足をつけ、息を呑んだ。

「鳥居を潜ったあの洞窟の向こうに、龍神様のお社がある」

背後で義父が言う。

それはなんの感情も伝わってこない、冷たい口調だ。

あの真っ暗な洞窟の中に入っていくなんて……。

紡希は足がすくんで動けず、俯いていると、

「さあ、行きなさい」

義父が怒りを含んだ声でそう続けた。

募《つの》る恐怖から、紡希は襟元に手を当てる。

白無垢の袖が、洞窟から吹いてくる風に揺れていた。

十六歳の誕生日。

自分はここに輿入れに来た。

相手は、この山の主——龍神である。

輿入れなどとは聞こえが良すぎる。生贄《いけにえ》となるのだ。

今が大正の御代《みよ》だとは思えない、随分、時代錯誤な話だ。

だが、逃げ出すこともできない。

自分は、龍神の生贄になるために、この日まで生き永らえさせてもらったのだから……。

紡希は深呼吸をし、ゆっくりと鳥居に向かって歩き出した。

一　連城家の隠された娘

「ずいぶん長い塀《へい》が続くなぁ。ここはどなたのお屋敷だ？」

「おや、あんたはよそ者かい？　ここは元禄時代から名を馳せている豪商・連城家のお屋敷だよ」

「ああ、呉服屋と両替で豪商となった、あの連城か」

「そう。そして、ここらの土地の大地主さ。そんな大地主様のお屋敷は一丁の一角まるごとだよ」

「これは恐れ入った。『母屋』に『離れ』まで、本当に大きなお屋敷だ。庭にはなんとも見事な薔薇《ばら》が咲いている」

「ハイカラだろう？　この家の美しい一人娘が薔薇を好んでいるそうだ。ご両親は目に入れてもいたくないほどの可愛がりようだとか」

「いやはや、お目にかかりたいものだな――」

連城紡希は、着物を縫う手を止めて、小さく息をついた。

屋敷の『離れ』は塀に近いためか、こうして時折、通行人の噂話を耳にする。

鹿鳴館《ろくめいかん》と見紛う洋風の本邸（母屋）とは打って変わって、この『離れ』は質素なものだ。畳六畳一間と、書物が詰め込まれた物置のみ。六畳一間には座卓に箪笥と押し入れがあり、畳の上は、広げた風呂敷に反物《たんもの》が積んである。

使用人たちはここを『座敷牢』のようだと囁いている。

連城家にやってきて、約三年。

紡希は日々この『離れ』で生活している。

『座敷牢』というのも、あながち間違いではない。本邸に行くのにも、屋敷の外に出るのにも、義父の許可がいるのだ。

唯一許されているのは、庭に出ることだろうか。

「一人娘……」

通行人の言葉を思い返して、紡希はぽつりと洩らす。

その静かな吐露は、誰にも聞かれず天井に吸い込まれていった。

紡希は、十二歳の時に不慮の出来事で両親を亡くしている。

その後、親戚宅をたらいまわしにあっている時に、なぜか豪商・連城家の当主から声がかかり、紡希は連城家の養女となった。

てっきり子どものいない夫婦が自分を引き取ってくれたのだろうと思ったのだが、連城家にはすでに薫子《かおるこ》という実娘がいた。

一つ年下の薫子は、紡希が養女に入ったことで義妹となった。彼女は明日、十五歳になる。

薫子の誕生パーティは毎年、それは盛大なものだ。おそらく今年も大々的に開催するのだろう。

紡希は一応姉ではあるが、出席を許されていなかった。

義両親は徹底して、紡希が表に出ることなど、これまで許さなかった。

まるで人から隠すようにして『離れ』に追いやっている。

そして薫子の誕生日のすぐ後には、紡希も誕生日を迎えるのだが、祝ってもらったことなど一度もなかった。

――どうして自分を養女にしてくれたのだろう。テーラーの娘を養女にしておけば、お給金を払わずに使えるから？

紡希の両親は元々、夫婦で着物の仕立て屋を営んでいた。

大正の御代になってから『テーラー』の看板を掲げ、スーツやワンピースといった洋装も手掛けるようになった。その腕は確かだと評判が高く、華族からの注文も請けており、連城家とも取引があったそうだ。

そんな環境だったからだろうか。紡希は物心ついた時から縫い物をしていた。

なおかつ、生まれつき手先が器用であり、見事に着物や洋服を仕立てることができた。

この家に来てすぐに、

『自分の食い扶持《ぶち》分は働いてもらうつもりです。あなたは手先が器用だという話ですし、亡くなった両親のように着物や洋服を仕立てる仕事をしてもらいます』

と、義母から言いつけられていた。

そうして紡希はこの家に来てから絶えず働いている。紡希が仕立てた着物や洋服は、上流階級の御婦人の間で徐々に評判となり、今や順番待ちだという。

今手掛けているのは、白無垢だ。背恰好は自分と同じくらいだという。

最近義母は、華族の仕事しか請けないようにしているそうだが、意外なことにこの反物はさほど上質ではなかった。

もしかしたら、あまり資産のない華族のお嬢様の花嫁衣裳なのかもしれない。

どうか、この花嫁衣裳を着る人が、幸せになってくれますように。

心からそう思い、丁寧に針を通す。

もちろんどんなにがんばっても、特別な計らいがあるわけではない。

それに、何を食べるのもこの部屋でたった一人。寂しさは否めなかった。

「でも、雨露をしのげて、食事も充分いただけるなんて、ありがたいものよね……」

目頭が熱くなってきて、紡希は頭を振って裁縫を再開させる。

その時、ガチャリと扉が開く音がした。

おそらく義妹だろう。今日は随分、機嫌が良さそうだ。

気配でそのように感じた紡希は作業の手を止めて、顔を上げる。

「ねぇ、お姉様、見て」

義妹の薫子が、ドレスを手に部屋に入ってきた。

「薫子さん……」

やはり、予感は当たっていた。

義妹が紡希を『お姉様』と呼ぶのは、とびきり機嫌が良い時なのだ。

「お姉様ったら、相変わらず、忌々しい顔ねぇ」

しかし悪態をつくのは忘れない。

薫子はそう吐き捨てた後、胸に抱くように持っていた薄紅色のドレスを広げて体の前で合わせ、くるりと回った。

薫子からふわりと薔薇の香りが鼻腔《びこう》を掠《かす》め、紡希の胸が詰まる。

薔薇水を作ったのは、紡希だ。

この連城家の庭に咲いている薔薇は、元々紡希の母の形見である。

母は、薔薇に強い憧れを抱いていた。

そんな折、母は取引先の華族の令嬢から薔薇の挿し木をもらうことが叶い、その薔薇の挿し木を丹精を込めて育て、見事な花を咲かせたのだ。

両親亡き後、紡希は家移りするたびに母の薔薇を大切に持ってきて、連城家の庭で挿し木にして、花を咲かせた。

この家でも育てる許可を得ることができ、『離れ』の前は小さな薔薇園となっている。

紡希が大切に育てていたのだが、

『この薔薇を全部使って私に薔薇水を作ってちょうだい。それができないなら、全部刈ってしまうから』

と、薫子が命じてきた。

紡希は仕方なく、朝露に濡れた薔薇を摘み、花びらを一枚一枚はがし、水で煮出して薔薇水を作ったのだ。

すっかり、薔薇水を気に入った薫子は、

『毎年私のために作ってね。あと、同じ香りがしているなんて絶対嫌だからあなたはつけないで』

と、吐き捨てたのだ。

「このドレス、明日の誕生パーティ用に誂《あつら》えたの」

その言葉で、紡希は我に返った。

薫子が手にしているのは襟元にリボンが五つも並び、フリルがふんだんにあしらわれている豪勢《ゴージャス》なドレスだ。

薫子は華やかな顔立ちをしているため、ゴテゴテとしたそのドレスは派手になりすぎてしまうきらいがある。スカートの裾をつまみ、得意げに言う義妹を前にどんな顔をして良いか分からず、紡希は曖昧な笑みを返した。

「華やかで素敵ですね」

「でしょう？　でも、私にはなんだか物足りなくって。もっと襟元のリボンを大きくしたいし、スカートにもフリルとリボンを足してほしいのよ」

その直後。

バサッ、と紡希の頭にドレスが降ってきた。

「パーティは明日の午後だから、大急ぎでお願いね。生地はここにいくらでもあるから使ってもいいわ。足りなかったら使用人に言いつけてちょうだい」

「あの、薫子さん、私は今お義母様に頼まれた白無垢を縫っているところで、この着物も急ぐように言われていて……」

薫子は顔を歪《ゆが》ませて、紡希の胸倉をつかむ。

「口答えしてるんじゃないわよ。あなたはね、心優しいお父様がお情けで養女にしてあげたの。その恩に少しでも報いようって気はないの？」

首が締まって苦しい。

「もちろん、感謝しています」

「それなら、つべこべ言わずにやりなさいよ。あなたなんてうちに来なければ、今頃遊郭《ゆうかく》に売られていたに違いないわ」

薫子は吐き捨てるように言って、部屋を後にする。

紡希は仕立て途中の白無垢を横によけて、ドレスを広げた。

襟元のリボンや、スカートのゴテゴテとしたフリルを見て、眉根を寄せる。

「これ以上、フリルとリボンをつけるなんて……」

そもそも、薫子のような華やかで凜々《りり》しい顔立ちの女性には、可愛らしい雰囲気よりも大人っぽいドレスの方が映えるだろうに……。

それでも要望通り作らなければ、薫子の逆鱗《げきりん》に触れるに違いない。

仕方ない、と紡希は洋服用の針に糸を通し縫い始める。

ドレスから薔薇の香りが漂ってきて、胸が詰まった。紡希にとって母の香りだ。

「……」

両親が亡くなった日のことはよく覚えている。

二人は届け物に行ったまま、いつまでも帰ってこなかったのだ。

後から知った話だが、夫婦揃って草むらに倒れ込むようにして亡くなっていたのだという。その付近で暴動があった事実から、おそらく巻き込まれたのではないかという話だった。

『――紡希、仕立て屋はね、お客様のご要望に応えるだけじゃ駄目なのよ。

なぜなら、お客様は自分の魅力に気付いていないことが多いの。

私たち仕立て屋はお客様の期待に応え、時に期待を上回らなくてはならないの』

そんな母の言葉が過《よぎ》り、紡希は頬を緩《ゆる》ませる。

がんばろう、と一心に裁縫をしていると、

「紡希様――」

誰かに声を掛けられて、紡希はハッと我に返った。気配に敏感な紡希であるが、作業に熱中している時だけは、外部の音が聞こえなくなることがある。

部屋には唯一紡希の世話をしてくれる連城家の使用人・文代《ふみよ》が、お膳を手に心配そうな眼差しを向けていた。

彼女は少し前にこの家に入ったばかりの新人だ。

年齢は十八歳。良家の子女であったが、父を亡くしたことで生活苦となり、住み込みで働けるところを探していたところ、人づての紹介を受けて連城家で働くことになったと本人が打ち明けてくれた。

「あっ、文代さん」

「夕餉《ゆうげ》の時間ですよ。ずっと縫ってらっしゃったのですか？」

と、文代は少し呆れたように言って、紡希の前にお膳を置く。

薔薇の季節——初夏は陽が長くなってきている。

夕方になった今も窓から眩しいほどの西陽が差し込んでおり、手許は暗くなかった。

「熱中すると、いつも時間を忘れてしまって」

「そのドレスも、奥様から言付かったお品ですか？」

「これは薫子に頼まれたのよ。誕生パーティ用のドレスをもっと華やかにしてほしいと」

まぁ、と、文代は気の毒そうに紡希を見る。

「本当に信じられません。奥様も薫子様もいつも紡希様に仕事を押し付けて、使用人同様にお使いになっている。たとえ養女だとしても、紡希様は連城家の御長女ですのに、女学校にすら通わせず、ここに閉じ込めるみたいに……」

文代はここで働く前は、女学校に通い優秀な成績を誇っていたそうだ。

先進的であり、至極《しごく》真っ当な考えを持つ彼女は、紡希に対して他の使用人が決して言わないようなことも遠慮なく口する。

それは紡希自身、常々思っていたことだが、他人の口を通して聞かされると居たたまれない気持ちになる。

「……たしかに窮屈《きゅうくつ》に思うことはあるけれど、身寄りがない私を引き取ってくださって、こうしてお食事をいただけているだけで、ありがたいわ」

これは決して嘘《うそ》ではない。

紡希はここに来るまでも厄介者であり、捨てられる寸前だったのだ。

大体ですよ、と文代が続ける。

「私がここで働きたいと思ったのは、呉服屋としての連城家を尊敬していたからなんです」

連城家は、江戸時代から続く呉服屋として知られている。

『一針一針心を込めて』を信条に、顧客と向き合ってきたそうだ。

一度、経営不振に陥ったことがあるが奇跡的に回復し、両替業を営むまでになった。

「連城家の顧客の令嬢がとても素敵なワンピースを着ていたのをお見掛けしたのですが、あれはきっと紡希様が仕立てたものですわよね？」

さあ、と紡希は苦笑する。

いつも依頼人のサイズと写真だけを見て仕立てており、当人には会っていないのだ。

「紡希様がこの家の養女になったのは、十三歳の時なのですよね？」

「ええ」

「その頃には、十二歳になる薫子さまがこの家にいらした」

確認するように問う彼女に、紡希は、ええ、と答える。

「やっぱり、私は不思議でなりません。なぜ、旦那様は、紡希お嬢様を養女に迎えられたのかと。子どもがいなかったり、息子しかいなかったりというのならまだ理解できるのですが、年の近い娘がいながら、どうしてと」

それは紡希自身、何度も胸の内で問うてきた。

この家には既に健康な娘がいたにもかかわらず、紡希を引き取ったのはなぜなのか。

「紡希様のご両親と旦那様はお知り合いだったのでしょうか？」

「仕事上の付き合いはあったそうよ。私の両親は町の仕立て屋だったから贔屓《ひいき》にしてもらっていたみたいで……」

連城家との取引は大口であり、両親が喜んでいたのはなんとなく覚えている。

「そうだったんですね。では、旦那様は紡希様の身に起こった不幸を知って、放っておけなくなったということでしょうか……」

と、文代は独り言のように洩《も》らしている。

紡希は黙って話を聞きながら、それはありえないだろう、と思っていた。

両親は連城家と取引はしていたが、直接やり取りをしていたのは、遣いの者だ。

父と母が、『連城のご当主はどんな方なんだろうな』と話しているのを聞いたことがある。何より義父にそのような慈愛の心があるように思えない。初めてこの家に招かれて、期待に胸を膨らませながら挨拶をした時、冷ややかな目でこう言われたのだ。

『養女にはしたが、それは必要があってのこと。この家の者以外に連城家の娘であることを口外せぬように』

紡希は過去を振り返り、眉根を寄せる。

――そうだ。あの時、『必要があってのこと』と言われたのだ。

考え込んでいると、文代は申し訳なさそうに眉尻《まゆじり》を下げた。

「すみません、お食事の前に長話を……せっかくのごはんが冷めてしまいますね」

ううん、と紡希は首を横に振る。

「あなたとこうしてお喋りをできるのが、私にとって唯一の楽しみなのよ。いつもありがとう、文代さん」

文代は気恥ずかしそうにはにかみ、目を伏せる。

「いろいろ勘繰《かんぐ》るようなことを言いましたが、紡希様が養女に望まれたのは、結局、紡希様のお姿が一番の理由かと」

えっ、と紡希は目を見開く。

「私の醜《みにく》さが、養女の理由……？」

「いえ、その……」

と、文代は弱ったように目を泳がせる。

死んだ父と母は、紡希を可愛い可愛いと褒めてくれたが、それは親だからだ。その後、親戚宅をたらいまわしにされ、『痩せこけた子』と言われるようになった。さらにこの家に来てから、紡希は容姿を褒められたことはない。

常に義母と薫子に『忌々しい顔』と吐き捨てられ、鏡を見ることすら許されずにいたため、紡希は自分は醜いのだろうと信じていた。

「いえ、醜いなんてそんな……あ、でも、決して褒めないよう言われていまして……」

文代は言いにくそうにごにょごにょと洩らした後、では、と立ち上がる。

「私はこの辺で失礼いたします」

ありがとう、と紡希が返した時には既に、文代の姿はなかった。

「さて、夕餉にしましょう」

いただきます、と手を合わせてから箸《はし》を取る。

お膳には、白米、焼き魚、香の物、お吸い物が載っていた。

この家の養女になり、窮屈な思いをしているのはたしかだが、このようにちゃんと食事を摂らせてもらえることはありがたく、紡希は心から感謝していた。


「さて、ドレスに取り掛からないと……」

食事を終え、紡希は行灯《あんどん》に火を灯し、再び薫子のドレスを広げた。

明日の朝には完成していなければならない。

襟元に仰々しく並んだリボンを見て、小さく息をつく。

このドレスはどう考えても薫子には似合わない。

『私たち仕立て屋はお客様の期待に応え、時に期待を上回らなくてはならないの』

母の言葉がまた頭を過り、紡希は意を決して、裁《た》ちばさみを手に持った。

二　屏風の秘密

——翌朝。

「何よこれ、今すぐあいつを呼びなさいよ！」

それは、縫い終わったドレスを使用人に託してから、半刻後のこと。

『薫子様が憤《いきどお》って紡希様を呼んでおります』と文代が『離れ』に駆け付けたことで、紡希は久方ぶりに、本邸に足を踏み入れた。

臙脂色《えんじいろ》の絨毯《じゅうたん》はふかふかと柔らかく、高い天井には欧州の城を彷彿とさせるシャンデリアが下がっていた。

紡希は急ぎ足で、一階奥の応接室へと向かう。

紡希のすぐ後ろには、文代がついて来ていた。

文代はこれから起こることを憂《うれ》いているのか青褪《あおざ》めた顔をしている。

「お待たせしました」

紡希が部屋に顔を出した瞬間、部屋の中心にいた薫子が噛みつくばかりに振り返った。

しかし薫子が声を上げる前に、文代が、まぁ、と口に手を当てる。

「薫子様、素敵ではないですか！」

文代は、誰に対しても飄々《ひょうひょう》とし、媚《こ》びを売らない。

薫子は、自分を褒めない文代を忌々しく思っている節があった。そんな文代の偽りのない褒め言葉に、薫子は出鼻をくじかれたように口を噤《つぐ》んだ。

実際、薫子が今着ているドレスは、とてもよく似合っている。

文代につられたのか、他の使用人たちもおずおずと口を開く。

「お嬢様、私もとてもお似合いだと思っておりました」

「ハイカラで上品で、このようなドレス、私は見たことがありません」

皆の言葉を受けて、そうかしら？　と薫子は疑わしげに鏡に目を向ける。

「ええ、本当に素敵です」

「でも、まさかリボンをほとんど取られてしまうなんて……」

「もう、薫子様はレディですもの。大人っぽくて素敵ですわ」

そうなのだ。

紡希は、やはり薫子に似合うドレスにしてあげたいと、大胆に改作した。

襟元にずらりと並んでいたリボンは左肩に一つだけ残して、すべて取り外し、ゴテゴテしていたフリルも上から螺旋状《らせんじょう》に下りてくる意匠《デザイン》にしたことで、上品な雰囲気に変わっている。

薫子は、きっと胸元をすっきりさせている方が凛《りん》として見えそうだと思ったのだ。

そして、それは正解だった。このドレスは薫子の良さを引き立てている。

「薫子さん、相談もなく言われた通りにしなくてごめんなさい。でも、こうしたら絶対に似合うと思って。そして本当に素敵」

紡希がそう言うと、薫子はばつが悪そうに目をそらす。

「まあね、私も……リボンなんて、子どもっぽいかなと思っていたのよね」

紡希は小さく笑って、薫子の前に歩み寄る。

「それじゃあ、本当はここもこうしたかったのです。やってもいいかしら」

「えっ？」

戸惑う薫子を他所《よそ》に紡希は肩のリボンをくるくると丸めて、薔薇の花の形を作った。

おおっ、と使用人たちがどよめく。

「薫子お嬢様、薔薇の方が素敵ですわ」

「そうそう、薔薇がお好きですし」

皆の言葉に薫子は腕を組んで、ふんぞり返った。

「そうね。そう言うなら、薔薇にしてもいいわよ」

紡希は、失礼します、と帯に携帯していた簡易裁縫道具を出して、リボンを薔薇へ変える。

完成すると、使用人たちが、素敵です、と大袈裟に声を上げた。

薫子は鏡に自分の姿を映して、ふふん、と笑う。

「まぁ、薔薇も悪くないわね。お母様に見せなきゃ」

薫子は軽い足取りで部屋を出て行った。

「薫子様のご機嫌が直って良かった」

文代が胸を撫《な》でおろして、息をつく。

でも、と他の使用人が続けた。

「本当にお似合いでしたよね」

「ドレスであんなに雰囲気が変わるなんて」

そう言って盛り上がる使用人たちの言葉が嬉しく、つい紡希の頬が緩む。

それにしても、と使用人の一人が続けた。

「薫子様、張り切ってらっしゃいますわよね」

「それはそうよ。今日の誕生パーティでは、俊光《としみつ》様にお会いできるんですものね」

「薫子様の許嫁《いいなずけ》様って、本当に素敵ですわよね」

「そうそう、『甘いマスク』とは、あの方のためにある言葉のよう」

薫子には幼い頃から、藤谷《ふじたに》俊光という許嫁がいる。

俊光は、華族の御子息であり、薫子より三つ年上の十八歳。

藤谷家は没落寸前の華族、連城家は富豪ではあるが爵位はない。

つまり利のある政略結婚というもの。

親が決めた結婚相手とはいえ、俊光は美男子と誉れが高く、薫子は彼に夢中だった。

薫子ももう十五歳。

今日の誕生パーティで正式に婚約発表をするつもりなのかもしれない。

「紡希様、私たちもお支度があるので、一度失礼いたしますね」

ぼんやりしていた紡希は、文代の言葉で我に返った。

「あっ、はい。お仕事がんばってくださいね」

ありがとうございます、と使用人たちは応接室を後にする。

さて、自分も『離れ』に戻ろうか、と思った刹那《せつな》、窓から爽やかな風が吹いてきたことで、紡希はなんとなく外に目を向けた。

誕生パーティは、屋外で開かれるようで長テーブルが庭に出されていた。

白いクロスの上には、真っ赤な薔薇が入った花瓶を置いている。

美しいけれど、せっかくならば薫子のドレスと同じ薄紅色の薔薇の方が良いのではないだろうか。

そんなことを考えていると、

「――薫子の誕生日が終わると、いよいよ、あの娘の誕生日だな」

外から義父の声がして、びくんと紡希の体が震えた。

紡希は、義父が苦手だった。引き取ってくれた恩は感じているのだが、自分を見る目の冷たさに、いつも逃げ出したい心境になる。

「本当に。あの娘を引き取って、三年。ようやくねぇ」

続けて、義母の声も聞こえてくる。

二人はちょうど、窓の前にいた。

どうやら自分の話をしているようだ、と紡希は身を隠して、耳を欹《そばだ》てる。

「準備はできているのか?」

「ええ、つつがなく」

「来る日まで体調など崩させることがないよう、しっかり管理をするように」

「分かっております。あの子には『連城家の長女』としての大きな仕事をしてもらわなければなりませんもの。本当はご飯も与えたくないのだけど」

「そう言うな。なかなか良い年頃の娘がおらず、方々探して見付けたのだ。あの娘はわが家にとって大切な存在……」

ええ、と義母は息を吐くように言う。

『輿入れ』の日までは、あの娘には健康でいてもらわなければならないのでしょう？　そんなことよりも今日は薫子の誕生日を祝いましょう。薫子の希望でガーデンパーティにしましたのよ。見てくださいな」

と、義両親の足音が遠ざかっていった。


「……輿入れ？」

紡希は顔をしかめて、二人の会話を反芻する。

「今のは、私の話……？」

もしかしたら、連城家には、『長女』が、必ず輿入れしなければいけない家があるのだろうか？

仮にそうだとして、そこは義父が良く思っていない家であった。だから、薫子よりも少し年上の娘が必要だと考えた。

「それで、私が養女になったんだ」

あくまで仮定だが、そう考えれば納得がいく。

「私はどんな家に嫁《とつ》がされるのかしら？」

実の娘を輿入れさせたくないと、縁もゆかりもない娘を養子にしたくらいだ。

恐ろしい家なのかもしれない。

いや、薫子を溺愛する二人のことだ。うんと遠い土地の家だったり爵位がないだけであったりということも考えられる。

「そうだったら良いな……」

新しい土地で今よりも自由を得られるならば、救いがある。

あれこれと想像するも、考えても仕方がない、と紡希は頭を振った。

そろそろ、『離れ』に戻ろう。

紡希は応接室を出ようとして、ふと、部屋の壁際にあった屏風《びょうぶ》が目に入った。

そこに龍と白無垢を着た女性の絵が描かれている。

この屏風は、以前も見たことがあり、妙に気になっていたのだ。

花嫁の姿がとても悲しげで、見ているだけで切ない気持ちになる。

引き寄せられるように屏風に顔を近付けた時、

「おや、君は誰。名はなんというの？」

背後で若い男性の声がして、紡希は振り返る。

噂をすれば影。

藤谷俊光が、興味深そうにこちらを見ていた。

紡希はこれまで、俊光の姿を遠目に見ていたが、彼とこうして間近で会うのは初めてのこと。

「私は……その、この家の使用人でして、紡希と申します」

もし、家の外の者に会っても養女であることは伝えてはならないときつく言われている。とはいえ、これまで外の者と会話をしたことがなかったので、このように偽《いつわ》るのは初めてのことだ。

「驚いたな、薫子さんとはまた違った美しさだ。この家に君のような人がいたなんて」

そう言って、俊光はにこりと笑う。

彼からは軽薄な雰囲気が伝わってくる。きっと若い女性を前にすれば、このようなことをいつも言っているのだろう。でなければ自分を褒めるなどありえない。

紡希は苦笑して、それでは、とその場を後にしようとする。

「その屏風の物語、僕はこの前、酔っぱらった当主から聞いてしまったんだよね」

俊光にそう続けられ、紡希は足を止めた。

「これは、物語を描いたものなのですか？」

ああ、と彼は腕を組む。

「しかも『連城家』の秘密らしいよ。といっても、あくまで迷信だけどね」

「秘密……？」

「その昔、連城家は多額の借金を背負ったそうなんだ。この状況を脱したいと当時の当主は山に棲《す》む龍神に祈ったらしい。そうしたら、『おまえの家の一番上の娘を輿入れさせよ。

そうしたならば、富を与えよう』と龍神が答えた。当時の当主は、もちろん悩んだけれど、娘は『このままでは、一家で死を選ばなくてはなりません。私が犠牲になりましょう』と言って龍神に輿入れした。そうして、連城家は立ち直り、やがて今のような大金持ちになったそうだよ」

龍神のご加護というわけだね、と俊光は笑みを浮かべる。

紡希は息を呑んで、俊光を横目で見た。

「龍神に輿入れした娘さんはどうなったのでしょう？」

「分からないんだ。もう帰らなかったとかで」

ひやり、と背筋が寒くなる。

もしかして……。

嫌な予感に紡希が黙り込んでいると、俊光が顔を近付けてきた。

「ところで、あらためて君は可愛いね」

「そんな、お戯《たわむ》れを……」

「本当だよ。よく見せて」

と、俊光が、紡希の肩を抱く。

「おやめください」

「嫌じゃないだろう？　僕がこうしたらみんな喜ぶんだよ。そうだ、君を僕の恋人にしてあげようか。たくさん可愛がってあげるよ」

「そんな、恋人だなんて。あなたは薫子……様の許嫁ですよね？」

「おや、妾《めかけ》にしてあげるとハッキリ言った方が良かったかな？」

「妾だなんて……」

「うちは貧乏子爵家だからね、連城家の援助が欲しい。だから薫子嬢とは結婚する。でも、自由に恋はしたいんだよ」

「なんて不誠実な……」

紡希が怒りに震えた瞬間、

「何やっているのよ！」

と、薫子の金切り声が響いた。

俊光は紡希の肩から手を放し、慌てたように言う。

「いやぁ、困っちゃったよ。いきなり言い寄られるんだから」

「私はそんなこと……」

「ああ、僕はこれで失礼するね」

否定する間もなく、俊光は逃げるように応接室を出て行く。

二人きりになるなり、薫子は力一杯、紡希の頬を平手打ちにした。

「絶対、あなたは虎視眈々《こしたんたん》と俊光さんを狙っていると思ったのよ。許せない」

薫子が真っ赤な顔で、何度も紡希を叩く。

騒ぎを聞きつけた使用人や、義両親が応接室に入ってくる。

「やめなさい、薫子！」

義父の一喝に、薫子が体をビクッとさせて動きを止める。

「どうして止めるの？　この女は俊光さんに色目を使ったのよ？」

まあ、と義母が口に手を当てた後、紡希を睨む。

「やっぱり、性悪《しょうわる》だったのね」

「違います、私は決して……」

紡希が反論しようとするも、義父が遮《さえぎ》るように声を上げた。

「性悪であろうがなんであろうが、どうでもいい。その娘は、大事な薫子の身代わりなのだ。傷付けてはならない！」

どういうこと？　と薫子が眉根を寄せる。

義父は人払いをさせて、応接室の扉と窓をしっかり締めた。

家族以外の人間が近くにいないことを確認し、義父は徐《おもむろ》に口を開く。

「……薫子、おまえも、その屏風に描かれた我が家の言い伝えを聞いたことがあるだろう」

「江戸時代に連城家の娘が、龍神に嫁いだ話よね？」

ああ、と義父は首を縦に振る。

「連城家には掟《おきて》がある。家に女児が生まれた時は、長女を龍神に嫁がせよと。このところ何代も連城家には男児しか生まれなかったため、掟を遂行する機会がなかった。薫子は、我が家に久方ぶりに生まれた女児なのだ」

薫子は顔色を失くす。

「私が龍神の妻に？　いやよ、そんなの。ただの生贄じゃない」

恐ろしい、と頭を抱える薫子を、義母が抱き締める。

「大丈夫よ、薫子。そのために私たちはあなたの身代わりを用意したの」

「そうだ。それを回避するために、その娘を養女にしたのだ」

はっきりと告げられて、紡希はくらりと眩暈《めまい》を感じた。

俊光の話を聞いた時、『もしかして』とは思った。

そうよ、と義母が続ける。

「この娘は可愛い薫子の代わりに龍神に嫁ぐ。だから、どんなに不本意でも傷つけてはならないわ」

まさか本当にそうだったなんて。

自分は龍神に輿入れするため——否《いな》、龍神の生贄になるためにこの家の養女として迎え入れられたのだ。

三　輿入れの日

それから、半月後。

十六歳の誕生日を迎えた紡希は、山の麓の鳥居の前にいた。

身に纏《まと》っている白無垢は自分で縫ったものだ。義母の指示で仕立てていた花嫁衣装は、他の誰でもない、紡希の輿入れ用だった。

「さあ、行きなさい」

義父の冷たい声を受けて、紡希は涙を堪《こら》えながら一歩一歩鳥居に向かって歩き出す。

薫子の誕生パーティの日、紡希は何の因果か、連城家の秘密を聞いてしまった。

かつて、龍神に娘を嫁がせた連城家は、神の加護を受けてみるみる発展し、国内でも指折りの資産家と言われるまでに上り詰めた。

しかし、そう上手い話ばかりではない。

次の代になった頃には経営が傾き始めたのだという。

生贄の効果が薄れてきていると考えた連城家の次の当主は再び一番上の娘、すなわち『長女』を龍神に輿入れさせた。

すると再び家は持ち直したそうだ。

以来、連城家には掟ができた。

娘が生まれなかった代は問題ないが、娘が生まれたら必ず、『長女』を龍神に捧げよ、と。

どうしても愛しい娘・薫子を龍神に捧げたくなかった義両親は、身寄りのない娘を養女にして捧げようと思い付いた。

『薫子よりも少し年上の大人しそうな娘』を探していたところ、ちょうど良い塩梅《あんばい》の紡希を見付けたという。

『大人しそうな』というのは、『どんなことでも言うことを聞く』の意味が込められていた。

真相を知った時からずっと、本当は逃げ出したくて仕方なかった。

しかし、それは叶わなかった。

あの日から、紡希は監禁状態となったのだ。

親しくしていた文代とも遠ざけられ、紡希はひたすら自分が身に着ける花嫁衣裳を縫う日々。

そうして、今日を迎えた。

薫子は、紡希を疎《うと》んじていたところもあったようだが、一応は姉妹だ。

龍神の生贄となる義姉に、ほんの少しでも慈悲をかけてはくれないだろうか。

そんな希望を胸に抱いていたのだが。

「ざまあみろよ。あんたなんて龍神に骨の髄まで喰われたらいいわ」

俊光に色目を使った最悪の女としか思われていないようで、薫子は嫌悪に満ちた眼差しでそう吐き捨てた。

そうして、逃げ出すことも叶わずに、今こうして鳥居の前にいる。

紡希の一歩後ろには、義父と輿を運んできた護衛の男たちがいた。護衛は皆屈強で、腰に刀を挿している。

もし、紡希が逃げ出す素振りをしたら、ここで斬り捨てて生贄にする、と言われていた。かつての連城の娘たちも、本当は同じように脅されてきたのだろうか。

可哀相に……。

そんなふうに思った自分が少し滑稽《こっけい》で、紡希は自嘲気味に笑う。

今の自分こそ、可哀相だというのに。

紡希は鳥居の前まで来て、足を止め、深々と頭を下げた。

その瞬間、洞窟の奥に向かって左右に立ち並ぶ灯籠が、ポッ、ポッと明かりを灯していく。

うわっ、と義父と護衛たちがおののく。

――ようこそ、いらっしゃいませ。

そんな声が洞窟の奥から聞こえてきた時には、義父たち一行は、うぎゃあ、と悲鳴を上げて、一目散にこの場を後にしていた。

一人残された紡希は、ぽかんと立ち尽くす。

もしかして、今なら逃げられるのかもしれない。

そんなふうに思っていると、洞窟の奥から子どものような小さな影と明かりが二つ、揺れながら近付いてくる。

「連城紡希様ですね」

「お待ちしておりました」

やってきたのは子どもではなく、狸《たぬき》と狐《きつね》だった。二匹とも着物を纏い、提灯《ちょうちん》を手にしている。

「どうして、私の名前を……」

「我が主様《ぬしさま》は、すべてご存じであらせられます」

そう……、と紡希は目を伏せる。

狸と狐から優しく温かな気配が伝わってきて、今すぐにでも逃げ出したい程の恐怖がほんの少しだけ和らぐ。

「ささ、どうぞ、紡希様」

「主様がお待ちです」

もふもふしている狸と狐が、洞窟の奥へと案内する。

これが自分の天命だ。

進むしかない。覚悟を決めよう、と紡希は歩き出す。

外から見た時は真っ暗で恐ろしかったが、今は灯籠に照らされて先までよく見える。

突き当たりには、朱色の門扉があった。

あの扉の向こうに龍神がいるのだろう。

紡希が青褪めていると、狐と狸が門扉の前で足を止めた。

狐と狸は閉じた扉に向かって、二礼二拍手をすると、何かを唱える。

すると、地鳴りと共に扉が開かれていく。

眩しい光に、紡希は思わず目を瞑《つむ》った。


「龍宮町へようこそ」

瞼《まぶた》を開けると賑《にぎ》やかな町が広がっていた。

高台に朱色の御殿があり、そこへと続く道に商店が連なっている。

狐や狸や兎《うさぎ》、そして人の姿をした者たちが楽しそうに行き交っていた。

「あの御殿こそが、我らが主様のお屋敷」

「参りましょう」

そう言うと、狸と狐はどこからか赤い傘を出して、紡希に差し出す。

紡希が傘を受け取った瞬間、ふわりと体が宙に浮いた。

「わっ、飛んだ」

「そうです、飛んでいくのです」

「龍宮御殿までひとっ飛び」

狸と狐は傘もなく宙に浮き、紡希を挟んで龍宮御殿に向かって飛んでいく。

風が心地好く、あちこちから美味しそうな匂いが漂ってきている。

眼下に、龍宮町の商店街が見える。

「焼きたてのお団子食べていかないかい？」

「蕎麦、打ち立てだよ」

そんな声が聞こえてきて、わぁ、と狸が目を輝かせる。

「コン太、焼きたてのお団子だって」

「まったく、タヌ吉はすぐそれだ。まずはお仕事だろう」

「ごめんごめん」

狸は『タヌ吉』、狐は『コン太』というらしい。

二匹の愛らしいやり取りに、思わず紡希の頬が緩む。

「明るくて賑やかで楽しい町ね」

城下町を眼下に見下ろしてしみじみつぶやくと、二匹はパッと顔を明るくさせた。

「そうでしょう、この町は主様が作ったんだ」

「主様は、みんなが生き生き過ごせるように考えておられる」

へぇ、と紡希は感心する。

やがて龍宮御殿の前に到着し、紡希は地に足をつけて、傘を閉じる。それと同時に傘がパッと姿を消した。

「わっ、消えた」

「そりゃあ、お仕事が終わったから、『からかさ小僧』も遊びに行ったんだよ」

『からかさ小僧』は、聞いたことがある。

「妖怪だったんだ……」

重くなかったかな、と心配をしていると、タヌ吉とコン太は御殿の門を前に深々とお辞儀をした。

「紡希様、この御殿に我らの主様がおられます」

「我々がお供するのはここまで。どうぞご挨拶を」

二匹は、屋敷の中まではついて来てくれないようだ。

紡希が心細く思っていると門が開き、神官が姿を現わした。

白衣に水色の袴《はかま》を纏った、細目に細面のあっさりした顔立ちの青年だ。

「紡希様ですね」

はい、と紡希は居住まいを正す。

「わたくしは、主様に仕える神官、榊《さかき》と申します。どうぞ、こちらへ」

榊と名乗る神官がくるりと背を向けた時、袴から蛇《へび》の尾が出ているのが見えた。

タヌ吉とコン太はびくんと体を震わせて、互いに抱き合う。

龍神の御殿に仕えるのは、蛇の神官。

そうか、あの子たちは、蛇が苦手なのだろう。

紡希はタヌ吉とコン太に頭を下げて、御殿の奥へと進んだ。

＊

龍神は、大広間の玉座に鎮座していた。

鱗は銀色で、瞳は蒼色。大きさはとぐろを巻いた状態で十畳程度。顔の大きさは両手を広げたくらいだ。

龍神は、紡希を見て、少し驚いたように目を開き、呆れたように息を吐き出した。

『連城の当主は性懲《しようこ》りもなく、また娘を送り込んできたか』

それは風圧を感じるほどであり、紡希はほんの少しのけ反《ぞ》った。

失礼、と龍神は微《かす》かに会釈《えしやく》をする。

『――それで、そなたはどうしたい?』

そう問われて紡希は、えっ、と訊き返す。

『下界に帰りたいのであったら、すぐに手筈《てはず》を整えるが』

思いもしない言葉に紡希が呆然としていると、榊が肩をすくめた。

「主様、下界に帰すにしても、連城の家からは遠ざけた方が良いかと」

『そうであったな。では、遠くの土地にしよう。ああ、先立つものに関しては心配はいらない。私の鱗《うろこ》を風呂敷いっぱいに持たせよう』

「主様の一枚の鱗は、下界では小判十枚分の価値があるのです」

『どこが良いであろうか。紀伊《きい》など暖かくて良いかもしれぬな』

「主様、まずは紡希様のご希望を伺《うかが》ってから検討しましょう」

そんな彼らを前に、あの、と紡希は戸惑いながら声を上げた。

「……私を食べるのではないですか?」

そう問うと、龍神と榊が顔を見合わせる。

龍神は再び大きなため息をつき、榊は笑いを堪えるように口に手を当てた。

『そもそも、わたしは人の子を食べたりはしない』

紡希はぱちりと目を瞬《またた》かせた。

「そうなのですか？」

『龍は下界に出たならば、人の目には見えぬ存在であろう？』

はい、と紡希は首を縦に振る。

『そんな我らは人の目には映らぬものを食事にするのだ』

「そう……でしたか」

『それに元々わたしは連城の娘を求めたりはしておらぬ』

その言葉に紡希はまた驚かされた。

「どういうことでしょうか？」

龍神が答える前に、榊が口を開いた。

「その説明はわたくしから。連城の娘がこちらに来ることになったのは諸々の事情があるのですが、実のところ、主様ご自身は求めておられなかったのです」

しかし、連城の娘はやってきた。怯《おび》えながらも、我が家をどうかよろしくお願いします、と頭を下げたのだ。

龍神はそんな娘の家族への想いと覚悟に感嘆し、連城家に加護を授けた。

娘は龍神に感謝し、尊敬の念を抱いても、番《つがい》になることはなかった。

彼女は許されるならば、下界に戻りたいと常に願っていた。

なぜなら下界に想う人がいたからだ。

龍神はそんな娘の願いを聞き届け、彼女を下界に帰したのだという。

「娘さんは、下界に帰ることができていたんですね……」

俊光から、二度と戻らなかったと聞いていたが……。

そんな紡希の戸惑いを察したようで、榊が補足する。

「彼女は連城家には戻らなかったようですよ」

「そういうことだったんですね」

自分が戻ったら、連城家の者たちが不安に陥ると心配したのかもしれない。

「それじゃあ、次の代からの娘さんたちは？」

『もちろん、わたしが望んだわけではない。連城家が再び傾いたのも、わたしの加護を受けて発展したものの、すぐに胡坐《あぐら》をかき、ずさんな経営をし始めたためであり、わたしは介入しておらぬ。送り込まれてきた娘たちは皆、わたしの姿に恐れて下界に帰りたいと泣きわめく故《ゆえ》、すぐに帰していたよ』

とはいえ、と榊が続ける。

「最初の娘とは違って、二代目からは無理やり送り込まれた状態でした。彼女たちは下界に帰りたいけど、連城家には戻れないと言っていたので、遠くの土地に送ることにしましたが」

「では、二代目以降も経営が立て直されたのは？」

『それは、おそらくたまたまのことであろう。娘を輿入れさせたからには必ず上手く行くという当主の思い込みが功を奏したようだ』

しかし、と龍神が続ける。

『わたしもすっかり嫌になってしまってな。つい連城の家の娘が来ないことを望んでしまっていた。龍の願いは事象を引き起こす』

龍が何かを望むと、それが叶う状況が作られるのですよ、と榊が説明する。

「そのため、連城家には、しばらく男児しか生まれなかったのです」

『しかし、もう大正の世であるし、輿入れも贄《にえ》もないであろうと、念を送るのをやめた途端、娘が生まれた』

それが、薫子ということだ。

『両親は娘を随分可愛がっていたし、こちらに寄こすことはないだろうと踏んでいたのだが、まさか身寄りのない娘を引き取ってまで、輿入れさせるとは……』

はぁ、と龍神はもう一度ため息をついて、頭《こうべ》を垂れた。

『そなたには、本当に申し訳ないことをした』

紡希は、そんな、と首を横に振る。

「主様は、何も悪くありません」

そんな紡希を前に、龍神は拍子抜けしたような目を見せた。

『そういえば、そなたはわたしを見ても怖がらないのだな。ここに来る娘は皆、腰を抜かして、帰してくれ、食べないでくれ、と泣くばかりであるのに』

たしかにそうだ。

紡希自身、龍神を前にしたならば、恐ろしさに腰を抜かしてしまうのではないかと懸念していたが、意外にも怖さは感じていない。

長く『離れ』で生活してきた紡希は、他の誰かの気配に敏感になった。

顔を見ずとも、近付いてくる気配で、喜んでいる、怒っている、悲しんでいるということが分かるのだ。

龍神を前にした時、とても温かく包み込むような優しさが伝わってきた。

「……はい、怖くありません」

そうか、と龍神は微かに目をそらす。

『とりあえず、今宵はゆっくりしていきなさい。巻き込んだ詫びに、ご馳走を用意させよう。そして、今後どうしたいか考えておくがよい』

「ありがとうございます」

紡希は深々と頭を下げた。

＊

「楽しかった……」

紡希は、龍宮御殿の客間の寝台に入り、しみじみと洩らす。

夕餉までの時間、好きにして良いと言ってもらえたため紡希は城下町を見て歩いた。

簪《かんざし》、お団子、和蠟燭《わろうそく》、飴玉と様々な店が軒を連ね、異形《いぎょう》の者たちが行き交っている。

タヌ吉やコン太のように動物の姿のまま商売をしている者もいれば、人の姿をしながら尾が付いている者もいる。皆明るくて、楽しく、親切だった。

『おや、あんた人の子だね。私もそうなんだよ』

と、中には人間も存在して、驚かされた。

暗くなってきたので、龍宮御殿に戻ると、見たこともないようなご馳走がテーブルいっぱいに並んでいた。

「どうしよう、こんなに食べきれません」

紡希が嬉しくも、困ったように言うと、龍神は笑った。

『そなたが残しても大丈夫。すべて榊が平らげてくれる』

龍神はこのような食事を摂らないそうだが、蛇の化身である榊はその気になれば、ぺろりと平らげることができるそうだ。

夕餉は龍神が見守る大広間にテーブルを置き、紡希と榊とが共に美味しくいただくことができた。


「本当に楽しかった……」

と、紡希は布団にくるまりながら、もう一度洩らす。

ここはなんて素敵なところなんだろう。

街を歩いていても、危険な空気すら感じなかった。

それは、龍神がこの地を治めているからに他ならない。

不思議なものだ。自分は生贄になる覚悟をして、ここに来たというのに。

がらりと変わった自分の境遇と心境に、紡希は思わず笑い、さてこれからどうしよう、と寝返りをうつ。

下界に出て、新たな土地で人生をやり直すのも良いかもしれない。

だけど、と、紡希は壁際に掛けられた白無垢に目を向ける。

そういえば、自分は龍神に輿入れにきたのだった――。

四　龍宮町での生活

「私は、下界に帰りたくありません。ここに置いていただけませんでしょうか？」

これが、紡希が一晩考えて出した答えだった。

龍神は大きな目をさらに見開いて、紡希を見やる。

「私は両親亡き後、家を転々として、最後に連城家の養女になりました。ですので、色々な町を見てきています。この龍宮町はどこよりも明るく活気に満ちていて素敵だったんです」

龍神と榊は困ったように顔を見合わせる。

「紡希様がこの町を気に入ってくださったのは嬉しいですが、人の子のあなたはここでは暮らせません」

榊の言葉に、紡希は、えっ、と訊き返す。

「ですが、町に人間の女性がいました」

あの女性はもしかしたら人ではなかったのだろうか？

ああ、と龍神はうなずいた。

『わが町にもわずかだが、人の子は存在している。だが、それには条件があるのだ』

「条件……？」

『条件というより、例外であるな。人の子とこの町の住人が番《つがい》になった場合だ。人と妖《あやかし》が恋に落ち、共に生きていきたいと互いに希望した場合のみ、特例で許可をしている。想い合うふたりを引き裂くのは本意ではないからだ。ただし、強引に攫《さら》ってきたなどは、許しはしないが』

紡希は納得して、首を縦に振る。

「では、主様……私を妻にしていただけませんか？」

そう問うと、龍神はごふっとむせた。

『そなたは、その……正気か？』

「私は無理やり鳥居の前に連れて来られましたが、鳥居を潜る時は、龍神様に輿入れするのが天命だと覚悟を決めていました」

龍神は、そうか、と脱力したように洩らす。

『……そなたがそれほどまでに下界に戻りたくないという気持ちは分かった。嫌な思いをしてきたのだろうな。療養を兼ねて、しばらくここにいるが良い。その間、対外的にわたしの許嫁とすることにしよう。しかしそれはあくまで「仮」の許嫁。帰りたくなったならいつでも言えばよいし、ここに残りたければ、この世界にも心優しく魅力的な者は多い。本当に心を惹かれた者と出会ったならば、その者と番になるが良い』

龍神の心配りに、胸が熱くなる。

「ありがとうございます。私は龍神様の許嫁として、お屋敷のお仕事もお手伝いできたらと思っております」

『いや、そなたはあくまで客人であり……』

と龍神が言いかけるも、それを遮るように榊が口を開いた。

「それはありがたい。この御殿の仕事は色々あるため、手伝いがほしかったのだ」

「掃除に洗濯、なんでもがんばります」

話を進める二人を前に、龍神は諦めたような目をする。

『掃除や洗濯よりも、そなたの好きなことをやるが良い』

好きなこと……と、戸惑う紡希に、龍神は続けた。

『そなたの好きなことは、縫い物であろう』

ずばり言い当てられて、紡希は大きく目を見開いて立ち尽くす。

龍神は何もかもお見通しなのだろうか？

『昨日、纏っていた白無垢は、そなた自身が仕立てたものであろう。しかし、自分が着るものだとは思っていなかったのか、一針一針、「幸せになってほしい」という他者への想いが込められているのが伝わってきた』

龍神の言う通り、紡希はこの花嫁衣裳を着る人が幸せになってほしいと心を込めて、針を通していた。

白無垢だけではない。

これまで仕立ててきた衣装は、すべて祈るように縫ってきた。

しかし、それはあくまで自己満足だ。

きっと誰にも伝わりはしないだろうと思っていたのだ。

龍神に自らの想いを言い当てられ、目頭が熱くなった。

『町にひとつ店舗付きの家を用意しよう。そこで生活をしながら、自分の好きなことを仕事にするが良い』

ありがとうございます、と紡希は頭を下げる。

「ですが、生活はここでさせていただきたいです」

もう、一人ぼっちの生活は嫌だ。

それに――。

「仮だとしても私は、龍神様の許嫁ですから」

宣言するように告げると、

『そなたの好きなように。そして、この家に住むのならば……』

そう言って龍神は小さく笑い、榊に目配せをする。

榊はうなずいて、簞笥の引き出しから何かを取り出した。

「紡希様、常にこちらをお持ちください」

それは、銀色の鱗だった。大きさは小判ほどで穴が空いており、首から下げられるようになっている。

『それにはわたしの力が込められている故、この屋敷にいる時は、そなたの気配を感じすぎずに済むのだ』

言っていることが分からず、えっ、と紡希は訊き返す。

つまり、と榊が補足した。

「主様は力がお強い。そのため、御殿の中に他者が入ってきた場合、意図せず警戒心が発動し、その者がどこで何をしているのか、手に取るように分かってしまうのです。侵入者ならば気配がわかるのはむしろよいのですが、同居人となれば、お互いにとって煩わしいことです」

『この鱗を身につけることで、「わたしが認めた身内」となるため、警戒心が敏感にならず、どこで何をしていようとも見えすぎることがなくなるのだ』

と、龍神が続ける。

紡希も気配に敏感な性質であるため、龍神の言っていることをなんとなく理解して、その美しい鱗のネックレスを首に下げた。

「とても綺麗です。ありがとうございます」

キラキラと輝く鱗を見て、紡希は笑顔を見せる。

龍神は、そうか、と答えただけだったが、榊は嬉しそうに微笑んでいた。

＊

それから、紡希は龍神の計らいで町に『つむぎ和洋装品店』を開いた。ありがたいことに、店舗だけではなく、布や糸、裁縫道具までも用意してくれたのだ。

妖ばかりのこの世界。着物はなんとかなるが、自分にしっくりくる洋服となると、なかなか手に入れられず、困っていた者も多かったようだ。

「短い手足にピッタリ合うブラウスが欲しかったの」

「今まで尻尾の穴を自分で開けていたから、すぐにほつれてしまっていて」

「可愛いドレスが欲しいわ」

と、『つむぎ和洋装品店』には連日、客が訪れた。

紡希は、訪れた妖たちの要望を聞き、似合うであろう図案を描いて提案し、採寸して、丁寧に仕上げていく。

完成した洋服を渡すと彼らは嬉しそうに、ありがとう、と心からの笑顔を見せてくれる。

その時、紡希の目の前で、下界では考えられないことが起こった。

金色の硬貨が、ぽんっと顕《あら》われて、手の中に落ちてきたのだ。

突然の不思議な出来事に紡希がぽかんとしていると、客たちが笑って、

『ここは、下界と違って、謝礼は相手から直接もらうのではないんだ。感謝の気持ちが届いた時に、硬貨が顕われるんだよ』

と教えてくれた。

「金の硬貨が目の前に顕われた時は、本当に驚きました」

紡希は、やや興奮気味に龍神と榊に伝える。

今は夕餉時。食事は龍神が鎮座している大広間で摂っている。

「ここでは、誰かから感謝されることで、金の硬貨を受け取れます。従ってわたしは今、

毎日のように受け取ることができているのですよ」

榊の言葉に、紡希はぱちりと目を瞬かせた。

紡希は毎日、日暮れと共に店を閉め、御殿に戻ってくる。すぐに食事の支度に取り掛かろうとするも、榊がいつもご馳走を作って待ってくれているのだ。

「あ……もしかして、私の『感謝』が？」

「そうです」

「良かった。毎日、ありがたいけれど、申し訳ないと思っていたのです」

「紡希様が感謝してくださっているおかげで、ちゃんと天からの報酬《ほうしゅう》を受け取っているのですよ」

「この世界は、夢のような仕組みですね……」

二人の話を聞きながら、龍神は愉《たの》しげに目を細めた。

『そう言うが、実は下界も仕組みは一緒であるぞ』

「そうでしょうか？」

人間の世界は、古くは物々交換から始まり、今は金銭を介して取引が行われている。

『たとえば、同じ商売をしていても、人に感謝される仕事をしている者もいれば、自分の利益しか考えられない者もいる。最初は、利益しか考えない者の方ががむしゃらであるが故に稼ぐかもしれないが、長い目で見れば逆転するだろう。人に感謝される仕事をする者は、貯金の額では計れぬ豊かさを得られるものだ』

その言葉を聞き、常に幸せそうに仕立ての仕事をしていた両親の姿が過る。

一方で、連城家は巨万の富を得ているが、義父はいつもピリピリしていた。

『だが、下界との壁は厚く、まだまだ欲望が強い者が台頭するだろうな。しかし、あと百年も経てば、下界も徐々にこちらの世界の仕組みに近くなってくるであろう』

百年後は己の利益ばかりを求める者よりも、感謝される仕事をする者に光が当たるようになるということだろうか。

とはいえ、先の話だ。まったくピンと来ない。

首を捻っている紡希を見て、龍神は、ふふっ、と笑う。

『考え込んでいると、せっかくの料理が冷めてしまうぞ』

「あっ、そうですね」

紡希は野菜のスープを飲みながら、ちらりと龍神を見る。

今日も彼は玉座に鎮座して、食事の様子を見守るだけだ。

「本当に主様は、何も召し上がらないのですね?」

紡希の問いに、ええ、と龍神ではなく榊が答えた。

「よく、仙人が霞《かすみ》を食っていると言うでしょう？　それと同じことのようです」

そうである、と龍神もうなずく。

紡希は不思議に思いながら、相槌をうった。

＊

気が付くと、紡希が龍宮町に来て、一か月が経過していた。

ようやくここでの生活に慣れてきたように思える。

ある夜のこと。

「主様、失礼いたします」

紡希は寝る前に、龍神がいる大広間を訪れた。

もう寝る準備をしていたのか、龍神はうとうとした様子で顔を上げる。

『ああ、紡希か』

紡希がここまで近付いてきて、ようやく気配に気付いたようだ。これも龍神の鱗を首から下げているための効果だろう。

「すみません、もうお休みになっている時に」

『いや、かまわない。何か相談でも？』

「実は、主様にお見せしたいものがあったんです」

と、紡希は組紐《くみひも》を龍神に見せる。銀糸と蒼い糸で編んだ、それは長い組紐だった。

ほお、と龍神は目を向ける。

『これは、美しいな』

「金の硬貨が貯まったので、銀糸と蒼糸を買ったんです。銀糸は主様の鱗の色、蒼糸は主様の瞳の色です。この二色の糸を編み込んで作りました。ぜひ、主様にと」

『わたしに？』

「はい。失礼しますね」

紡希は組紐を龍神の太い手首に巻く。

銀の鱗に、銀糸と蒼糸がよく映えていて、紡希は笑顔を見せる。

「良かった。とてもお似合いです。それじゃあ、お邪魔になるでしょうし、外しますね」

組紐を解こうとすると、いや、と龍神は首を横に振った。

『せっかくだから、つけておこう。ありがとう』

「こちらこそ、受け取ってくださってありがとうございます」

紡希は、おやすみなさい、と頭を下げて、大広間を出た。

*

紡希の姿がなくなった後も龍神はしばし、手首についている銀と蒼の組紐を見つめていた。

「――本当に可愛らしい許嫁ですね」

榊が大広間に入ってきて、にこり、と笑う。

『覗き見など、悪趣味な……』

これは失礼を……、と榊は軽く頭を下げる。

「ですがわたしはとても嬉しいのですよ。最近、主様は本当にお楽しそうで。このまま、彼女が主様に嫁いでくれたらと願いもします」

まったく、と龍神は嗤《わら》う。

『そなたは、懲《こ》りもせずにそんなことを……ありえぬことだ』

「懲りもせずにと言われると耳が痛いのですが、わたしはずっと、主様が誰かと番うことを心から望んでいるのですよ。この町の者は主様にとって我が子のようなもの、と恋情を抱かれませんし、妖たちも畏れ多いと思っております……」

『だから、人の子をというのは、いささか乱暴な』

「わたしは、あの時の神託を今も信じているのです。何より彼女は自ら、あなたの妻にと望んでいるのですよ」

ふぅ、と龍神が息をついた。

『あの子は人の心に寄り添える優しさを持っているが故、わたしを前にしても怯えはしないというだけ。そして彼女は本気で妻になりたいのではなく、ただ下界に帰りたくないだけだ』

「最初はそうだったかもしれませんが、今はどうかと」

『わたしが彼女にとって、恐ろしい異形の者であることには変わりはない。そのうち、あの子もこの町で相応《ふさわ》しい者と結ばれるであろう。わたしはあの子を妻にするつもりなどない』

「そう言うのでしたら、主様こそ、また人のお姿になられてみては……」

榊がそう言うと、龍神は首を横に振る。

『わたしはもう二度と人間の前で人の姿にはならぬ。……あんな思いはこりごりだ』

「そうですか……」

榊の少し残念そうな声が微かに響く。

＊

ふぅ、と紡希は布団の中で息をついた。

ぐるぐると同じことを考えていて、寝付けそうにない。

「主様の気持ちは、私が来た時と全く変わっていないんだ……」

ぽつりと洩らして、紡希は横たわった状態で膝を抱えるように体を丸める。

紡希は、龍神と榊の会話を耳にしていた。

わざと立ち聞きしたわけではない。

組紐を渡して、廊下に出ると窓から見える月が美しかったため、思わず足を止めてしばし見入ってしまっていたところ、榊が大広間に入っていくのが見えた。

そして、『このまま、彼女が主様に嫁いでくれたらと願いもします』と、榊が龍神に伝えているのが聞こえてきて、思わず耳を欹ててしまった。

龍神は、最初から『仮の許嫁』と言い、常にいつでも御殿を出て行って町で自由に暮らして良いと伝えてくれる。

その心遣いに感動し、感謝もしていた。

だが、今は違っている。

「どうしてだろう」

彼が妻にするつもりがないと突き付けられて、自分は落ち込んでいた。

——そのうち、あの子もこの町で相応しい者と結ばれるであろう。

この言葉を思い返すと、紡希の胸が痛んだ。

相応しい者……。

つまり、自分は彼に相応しくないということだ。

それは分かっている。自分は醜く、しがないただの人の子。

この地を護る龍神と釣り合うはずもない。

そう思った瞬間、涙が頬を伝っていた。

「あ……」

今、気が付いた。自分は、彼に惹かれているのだと。

美しい銀の鱗に、思慮深い蒼い瞳に、優しい声に話し方に、いつしか恋焦がれるようになっていたのだ。

だけど、自分は妻になることはできない。

この世界に居続けるならば、他の誰かと結ばれる必要がある。

「主様以外の妻になるなんて、考えられない……」

悶々と考えていると、ほとんど眠れず、気が付くと朝を迎えていた。

一晩、あれこれ思いを巡らせていながら、結局どうして良いか分からなかった。

紡希は気分を晴らそうと窓を開けて、朝陽に目を向ける。

「おや、紡希さん、今朝はお早いですね」

庭にいた榊が、おはようございます、と微笑む。

「おはようございます。榊さんこそお早いですね」

「わたしは毎朝この時間に起きて、庭の剪定《せんてい》をしているのですよ」

「それで、いつも庭が綺麗に整っていたのですね」

「そうですね。この庭の植物は、主様の力の影響でアッという間に伸びてしまうんですよ。放っておいたらすぐに森になってしまいます」

剪定ばさみを手に肩をすくめた榊に、紡希は、うふふ、と笑った。

「ここでだったら、お母さんの薔薇もすぐに成長してくれるのかしら……」

そう思った瞬間、母の薔薇が急に恋しくなった。

両親の死後、親戚宅を転々としたり、連城家に引き取られたりしていく中でも、母の薔薇は形見だと、挿し木にして新たな場所で育ててきた。

だが、龍神への輿入れの時は、それができなかった。

そんな心の余裕すらなかったためだ。

許されるならば、母の薔薇をここに持ってきたい。

そして……。

「あの、榊さん、実は私、昨夜、主様と榊さんの会話を立ち聞きしてしまったんです」

そうでしたか、と榊は苦笑する。その様子から榊は、紡希の気配に気付いていたのではないか、という気がした。

「それで、お願いがありまして……」

おずおずと口を開いた紡希に、なんでしょう？　と榊は胸に手を当てた。

「なんなりと仰せください」

五　里帰り

連城家の養女・紡希が姿を消して、早くも一年が経った。

噂では、遠くの土地の野蛮な家に輿入れしたそうで、彼女はそのために引き取られたのだという。

——そういうことだったんだ。

文代は納得すると同時に、苦々しい気持ちになって、窓の外に目を向けた。

彼女が丹精込めて育てていた薔薇は、今や随分みすぼらしくなっている。

連城家の面々は、紡希がいなくなって、少しの間は清々した様子を見せていた。

しかし、彼女が仕立てていた着物やドレスは、華族のお嬢様に高い評価を得ていた。

それが故に、連城の奥方も社交界で優遇されることが多かったのだが、紡希がいなくなった途端、まるで潮が引くように華族からの注文がなくなった。

他の者には、紡希の仕事が引き継げなかったのだ。

また、連城の当主の横暴なやり方が気に入らないと、社員たちがストライキを起こすという騒動もあった。

その気持ちは分かる。屋敷の使用人たちの給金も少しずつ減らされているのだ。

一人娘の薫子はというと、日々荒れていた。

婚約者・藤谷俊光は、あろうことか、他の資産家の娘に手を出して、なんと妊娠させたらしい。

即座にその資産家の娘と結婚する運びとなり、薫子との婚約はご破算となった。

紡希がいなくなったことで、目に見えて連城家は傾き始めている。

最近は連城の当主が、

『どうしてだ……やはり、血筋の者でないと駄目だったのか……』

などとぶつぶつ言いながら、屍人《しびと》のように屋敷をうろついているのを見かけることも多々あった。

「自分もそろそろ、再就職先を探した方がいいかもしれないわね……」

文代がそんなことをつぶやいた時だ。

庭の隅に人影が動いたのが見えた気がした。

若い女性である。

その影には見覚えがあった。

紡希様！

と、声を上げようとして文代は口に手を当てる。

もしかしたら嫁ぎ先から逃げ出してきたのかもしれない。

騒ぎになっては大変だ。

こっそり会いに行こうと、勝手口がある台所に向かっていると、

「俊光様がいらっしゃったそうよ」

「まぁ、どの面下《つら》げて……」

という使用人たちの声が聞こえてきた。

窓の外を見ると、俊光はこれみよがしに高級車から降りて、悠々と庭を歩いている。

当主は顔を引きつらせながらも、今や飛ぶ鳥を落とす勢いの資産家となった俊光を作り笑顔で迎え入れていた。

「ああ、文代さん。ちょうど良かった、お茶の用意をお願い」

使用人頭の指示を受け、紡希に会いに行きたいのに、と焦《じ》れる思いで文代は、はい、と答え、お茶の準備を始めた。


「——それで、俊光殿は当家にどのようなご用事で？」

文代が応接室に紅茶と茶菓子を運んでいくと、連城家の当主はソファに座った状態で、嫌味たらしく訊ねていた。

「いやいや、薫子さんとのことは本当に申し訳なかった。実は、僕は夜這《よば》いにあってしまってね」

「夜這い？」

「今の妻に、寝込みを襲われてしまったのです。それで子どもが……」

と、俊光は肩をすくめる。

どうでも良いような言い訳に、当主は、はぁ、と冷ややかに目を細めた。

文代は当主を好きではないが、今ばかりは彼に同情しながら、カップに紅茶を注ぐ。

「薫子は君に大層入れあげていた。どうか、金輪際、薫子に会わないでほしい」

「それはもちろん分かっています。今日ここに来たのは、実は提案がありまして」

「なんでしょう？」

「最近、連城家の経営が危ういとか……」

ぴくり、と当主が眉を引きつらせた。

それで、と俊光が続けた。

「諸々のお詫びに、援助差し上げたいと思っているんです」

「それは本当ですか？」

と当主が前のめりになった。

「ええ、ですが、一つだけお願いというか、条件があるんですよ」

「なんでしょう？」

「紡希という娘がいましたよね。調べたところ使用人ではなく、あなたの養女だったとか。あの子を僕の妾にしたいんです」

脚を組んで言う俊光に、当主は目を大きく見開いた。

それは側で話を聞いていた文代も同じだ。

「僕はあんなに美しい娘を見たことがない」

そう、紡希は美しかった。

連城家が彼女を養子にしたのは、彼女の美貌ならば嫁ぎ先の相手にも気に入られるだろうと思ったからららしい。

しかし、この家で紡希の容姿を褒めることは禁じられていた。常に『忌々しい顔』と言われ続けた紡希は、いつしか自分は醜いと信じるようになっていた。

「いや、あの娘は……」

「条件はそれだけです。考えておいてください」

うろたえる当主を前に、俊光は、では、と立ち上がった。

*

『——紡希はなぜ、下界へ？』

紡希に持たせた龍の鱗は、御殿の中にいる場合は気配を感じさせずに済むものだが、御殿の外に出てしまえば、その作用は逆に働く。

紡希が下界に戻ったことを察した龍神は、驚きながら榊を呼び寄せた。

榊は、龍神を前に申し訳なさそうに肩をすくめる。

「実は昨夜の我々の会話を聞かれていたようなのです。それで紡希様は、主様が自分を妻にするつもりがないことを知り、衝撃を受けたようでして」

『衝撃を……？』

「ええ、『主様以外の者と番《つが》わなくてはならないのだったら、この世界にはいられない』といったことを仰り、下界に戻りたいと」

龍神は大きく目を見開いた。

ややあって、そうか、と息をつく。

『こちらの世界と下界では、時間の進み方が違うことをちゃんと伝えたのか？』

「ええ、それはもちろん。紡希様がこちらに来て一か月ですから、下界では約一年くらいでしょうか」

『早いうちで良かった。もっと長い滞在となれば、さらに時間の差は開く。あの子は美しく心優しい。下界で彼女にぴったりの相手に巡り会えるだろう』

「……本当にそれで良いのですか？」

『良いも何も、紡希が望んで下界に戻ったのだ』

「わたしは紡希様にすべてを伝えました」

その言葉に龍神は何かを言おうとして、話すのをやめる。

「まさかあの方の娘がここに来るとは、因果なものですね」

龍神は、そうであるな、と窓の外に目を向けた。

＊

連城家は高い塀に囲まれているが、からかさ小僧と一緒に来たおかげで難なく飛び越えることができた。

紡希がこの家に戻ってきた理由は、ただひとつ。

母の薔薇を挿し木にして、御殿の庭に植えたいと思ったからだ。

気付かれぬように身を潜めながら『離れ』の裏の薔薇の庭に向かう。

この家では、紡希がほぼ庭師の役割をしていた。その後、ちゃんとした庭師を雇わなかったのか、庭は荒れており、薔薇も以前よりも少なく元気がなくなっている。

庭用の水道もシャベルもバケツも長い間放置されていたかのように、土まみれになっていた。

「本当に時間が経っているんだ……」

自分が『龍宮町』へ行って一か月しか経っていないのに。

と、紡希は庭を眺めながら、ぽつりとつぶやく。

「龍宮町の一か月が、一年なんだ……」

「そうとも言えないよ」

そう言ったのは、からかさ小僧だ。

えっ？　と紡希が訊き返すと、からかさ小僧は続けた。

「今回はたまたま、一か月が一年だっただけ。三日が三年って時もあるんだって。その時間を調整できるのは、主様だけじゃないかな」

「そうなんだ……」

不思議な気持ちを抱きながら、紡希は巾着の中から剪定ばさみを取り出し、太めの枝を選んで十センチほどの長さに切り落とす。

それを小刀で斜めに切り、水の入ったバケツの中に入れた。

「もう、枝を切ったなら早く帰ろうよ」

からかさ小僧がぼそっと洩らす。

「私もそうしたいんだけど、少しだけ枝を水につけておきたいの」

紡希がそう言うと、からかさ小僧は、ふぅん、と洩らす。

不意に人の気配がして、紡希は人差し指を立てる。

からかさ小僧は慌てて口を閉ざし、普通の傘の振りをした。

この気配に敵意は感じられない。

おそらく文代だ。

姿を見られてしまったのだろう。

どうしたものか、と紡希は物陰に隠れる。

「紡希様……いらっしゃるんですよね？」

やはり文代だった。声を潜めて、紡希を探している。

自分が以前よりも、気配に敏感になっていることに気が付いた。

これは、龍の側にいた影響なのだという。

「紡希様、どうして帰ってきたのか分かりませんが、どうか早くお逃げください」

そう呼びかける文代の言葉が気になって、紡希は意を決して顔を出した。

「どういうことでしょうか？」

「紡希様！」

文代は顔を明るくさせて、紡希の許に駆け寄る。

「良かった、お元気そうで」

あなたこそ、と紡希ははにかんだ。

「また会えて嬉しいわ、文代さん」

「感慨に浸っている暇はありません。旦那様はあなた様を連れ戻すおつもりです」

「お義父様が私を？」

「紡希様は、お家の立て直しのために、遠くに嫁入りしたのですよね？　けれど紡希様は養女。連城家の血を引いていないということで援助を受けられず、連城家は傾き始めていると……」

義父は使用人たちに、そのように伝えていたのか、と紡希は相槌をうつ。

「ですが、俊光様が……。ああ、俊光様は結局、資産家の娘と結婚したのですが」

と、文代は俊光の事情を説明し、連城家に援助の申し出をしていることを話した。

「その条件というのが、紡希様を妾にするということなのです。旦那様は『そういうことならば連れ戻す。あの娘は連城の血を引いておらぬし嫁ぎ先でもいらない存在であろう』などと仰いまして」

連れ戻すって、と紡希は苦笑した。

「そもそも、どうやって私を連れ戻すつもりで？」

「あなた様の輿入れ先に遣いの者を向かわせると仰っていました」

もしかして、護衛たちを鳥居の向こうへ行かせようと考えているのだろうか。

「……無理だよ。こちらからの案内人がいないと、龍宮町へは行けないんだ」

紡希の傍《かたわ》らで、ぽつりとからかさ小僧がつぶやく。

なんにしろ、見付かったら面倒なことになりそうだ。

早々に帰ることにしよう。

「私は、母の形見の薔薇の挿し木を持っていきたかっただけなの」

もう少し水につけていたかったが、枝の切り口を湿らせたハンカチーフで包んで、巾着の中に入れ、紡希は文代を見つめた。

「ありがとう、文代さん。私はもう行くわ」

「それがいいです。見付からないうちに」

その刹那、悪寒が背筋に走った。

ちょうど俊光が帰るところで、義父が見送りに出ていたところだった。

二人はこちらを凝視していたのだ。

「やはり、突っ返されたかぁ！」

と義父が声を張り上げて、歩み寄ってくる。

からかさ小僧は何が起こったか分からないようで、びくり、と震えた。

「輿入れはやはり連城の血を引くものでなければ駄目だったということだな。こうなってしまっては仕方ない。今度こそ、おまえはこの家の役に立つが良い」

そう言うと、義父は紡希の手首をつかんだ。

「痛っ」

「俊光様、ご所望の娘です！」

義父は嬉々として俊光を振り返り、紡希の体を押し付けるようにした。

俊光は、にやりと嗤い、紡希の腰に手を回す。

「これはなんと奇遇な。やはり、僕たちは縁があるようだね」

「あなたと縁なんて！」

己の欲望を満たすことしか考えていない男の目は濁って見えた。

龍神の美しい蒼い瞳を思い出す。

常に過ごしやすいよう計らってくれた、彼の思いやり。

民のことをいつも考えている龍神の優しさを……。

「君は、嫁ぎ先から追い出された身だろう？」

その言葉に、ずきんと胸が痛んだ。

同時に、榊の言葉が思い出される。

＊

——すべては、私が悪いのですよ。

榊は沈痛の面持ちで、そう洩らした。

「主様が食事を摂らないのは、知っておいででしょう。あの方が摂取するのは、物質ではないのです。民たちの『喜怒哀楽』といった心の力を受け取っているのです」

それがどういうことか分からずに、紡希が黙っていると榊が話を続けた。

「『喜怒哀楽』の中で、もっとも簡単に出やすいのは『怒』と『哀』です。誰かを喜ばせるよりも、怒らせたり、悲しい気持ちにさせることの方が簡単なのです。ですので横暴な神は民を苦しめて、怒りと悲しみの感情を出させて、それを食事にされる御方もいらっしゃいます」

そんな、と紡希は顔をしかめる。

「そういう御方もいるということです。ですが、主様は違います。なるべく、楽しく喜びの心で満たされるようにしたいと、民の幸せを常に考えておられます。しかし残念なことに『喜び』の心は食事量としては微々たるもの。わたしは、主様にどなたかと番になってほしいと願っていました。というのも、『恋情』というのは『喜怒哀楽』を遥かに上回る大きな力だからです」

そういうものなのか、と紡希は黙って話に耳を傾ける。

「わたしには予知の力がありまして、主様が連城家の娘と番になり、幸せに過ごす夢を見たのです。そのため、わたしは暴走してしまいました。連城の家が没落に瀕《ひん》した際、『娘を輿入れさせよ』と伝えてしまったのです」

「……榊さんだったのですね」

はい、と榊は力なくうなずく。

「ですが、それは間違いでした。ここにやってきた初代の連城の娘は心優しい方でしたが、主様に恋情を抱くことはなかった。下界に好いた者がいたのです。そのことを察した主様は、娘に下界に帰るよう言いました」

しかし、と榊は遠い目を見せる。

「娘は、もう下界に戻っても仕方ない。ここと下界では時間の進み方が違う。好いた人はとっくに亡くなっているだろう、と泣くのです」

当時の娘の気持ちを察して、紡希の胸は痛くなった。

「調べたところ、娘の想い人は生きておりました。ただ、もういまわの際にいる老人だったのです。そのことを知った娘は一目でもいい、あの人に会いたいと言いました。主様は、そんな娘の強い心に打たれ、想い人をこちらに呼び寄せたのです。そして、龍宮町に来たことで、彼は若返りました」

「そんなことができるのですか？」

「ええ、ここは龍神様の神力に満ち溢れた地ですから。そうして、彼女は愛しい者と所帯を持ち、子を授かりました。子を授かったことで、彼女たちは今一度、人間の世界で子どもを育てたいと思うようになったのです。そうして夫婦は下界に戻り、普通の人間として家庭を築くことになったのです」

そんなことがあったんですね……と、紡希はしみじみつぶやく。

話を聞きながら、ずきずきと胸が痛かった。

この痛みは間違いなく……。

「主様は、本当はその娘さんを想っていたのでしょうか？」

嫉妬だった。初めて沸き上がった感情に、自分でも戸惑いを隠せない。

「いいえ、主様は、その娘を民と同様に慈しんでおりました。ただ、想い合う姿に憧れを抱いたとは仰っていました」

その言葉に、紡希は思わず安堵《あんど》の息をつく。

すると、榊は小さく笑った。

「紡希様は、本当に主様のことを慕《した》ってくださっているのですね」

あらためて問われて、頬が熱くなった。

「主様は素敵な方です。私は、お母様の薔薇をここで育てて主様にかぐわしい香りをプレゼントしたいと思いました。それで、ぜひ里帰りさせていただきたいと」

「分かりました。からかさ小僧を同行させましょう」

ありがとうございます、と紡希は頭を下げた。

*

——嫁ぎ先から追い出された身だろう？

俊光の言葉が、胸に刺さり、苦々しさが湧き上がる。

「僕がうんと慰《なぐさ》めてあげるよ」

「そんなんじゃありません」

問答をしていると、屋敷から薫子と義母が飛び出してきて、金切り声を上げた。

「俊光さんに紡希……」

「一体、うちの庭で何をしているの？」

「おまえたちには関係ない、部屋に戻っていなさい！」

と義父が吐き捨てるも、俊光は悪びれもせず笑う。

「やあ、薫子さん。君は相変わらずだね。美しいけれど、わがままで気が強いから妻にするのはちょっとなと気が引けていたんだ。その点、紡希さんはいいよ。美しく、控えめな雰囲気がある」

その言葉に薫子は髪を逆立てる勢いで怒りをあらわにして、俊光に突進した。

「どこまで私を馬鹿にすればいいの？」

俊光は、そんな薫子の体を撥《は》ね付ける。

薫子は地面に倒れ込み、「薫子！」と義母が駆け寄った。

「いいか、俺は長い間、おまえたち連城家に下手に出るしかなかった。でも今は違う。俺の気分一つで、おまえたちを助けてやることもできるんだ。態度をあらためろよ」

これまで自らを『僕』と称してきた俊光が、顔を歪ませながら『俺』と言い、連城家の者たちに対して『おまえたち』と言っている。

長い間、連城家に対する鬱憤があったのだろう。

そして、と俊光は、紡希の体を羽交い絞めにした。

「この女は、俺が貰い受ける。感謝するがいい！」

俊光がそう叫んだ時だ。

『――彼女は、わたしの許嫁だ』

大気に、低い声が響き渡った。

空が一気に暗くなり、気が付くと厚い雲に覆われている。ゴロゴロと雷鳴が轟《とどろ》いたかと思うと、俊光の真横に雷が落ちた。

どかん、と大きな音が響き、俊光はその場に座り込んだ。

上空で気配がして、紡希は顔を上げる。

天に銀の鱗を持つ龍が旋回していた。

「主様！」

紡希が声を上げると、龍は眩しく光り、人の姿に変わって舞い降りてきた。

地に降り立ったのは、水干《すいかん》を纏った若者だった。

銀色の髪に蒼い瞳を持つそれは美しい青年であり、紡希は大きく目を見開く。

姿の違いに戸惑ったが、伝わってくる温かくも優しい雰囲気に変わりはない。

「助けに……来てくださったんですか」

嬉しさに声がくぐもる。

『もちろん、そなたはわたしの許嫁』

「これまでは仮初《かりそ》めの許嫁でした。私はあなた様の本当の許嫁になりたいと思っております。私のことを受け入れていただけますか？」

龍神は弱ったようにしたあと、手を差し伸べる。

その手首には、紡希が作った組紐が結ばれていた。

「主様……」

紡希は胸を熱くさせて、龍神に寄り添った。

『紡希、本当に良いのか？』

「私は、主様以外の人は嫌です。主様こそ、本当に良いのでしょうか」

『……わたしが失いたくないと思ったのは、そなただけだ』

龍神は、紡希の体をそっと抱き寄せた。

その神々しい姿を、俊光、薫子、義両親たちは腰を抜かした状態で呆然と見ている。

龍神は、皆に一瞥をくれた。

『こういうわけで、わたしは金輪際、他の者を妻にはせぬ。もう二度と娘を輿入れなどさせぬように。そして、紡希を大切にしなかった罰として、皆の頭上に雷を落としてやりたいところであるが……』

ひっ、と皆は声を揃えてのけ反った。

「主様、おやめください」

咄嗟《とっさ》に声を上げた紡希に、龍神は肩をすくめる。

『心優しい彼女に免じてそれは勘弁しよう。だが、今後連城家を取り立てることはない。このままでは間違いなく衰退し、物乞いをして生きていかなければならなくなるだろう』

そんなっ、と義父が声を上げる。

『気持ちをあらためよ。元々連城家は、心を込めて着物を仕立てることで発展していった家。初心に返って精進するように』

龍神が紡希の腰に手を回すと、そのままふわりと体が空に浮く。
からかさ小僧も傘を開いて、追い掛けてくる。
どんどん皆の姿が小さくなっていく。
呆然と自分を見上げている文代の姿を見付け、紡希は笑顔で手を振った。
文代は我に返ったように、両手で大きく手を振り返す。
『あの者だけには、加護を授けようか』
そう囁いた龍神に、紡希は、ぜひ、と微笑んだ。

『榊の奴が、そなたが泣きながら下界へ行ったなどと言うものだから……』

御殿に戻った龍神は、再び巨大な龍の姿となって大広間に鎮座していた。

面白くなさそうに、ぶつぶつ洩らしているが、榊は愉しそうだ。

「そんなことを言って、わざと担《かつ》がれたのでしょう？　紡希様、主様はもうおろおろされて大変だったのですよ。あんなに嫌がっておられた人の姿になってまで迎えに行かれたのですから」

『言うな』

そんな彼らを前に、紡希は頬を緩ませる。

「でも、私は本当に嬉しかったです。主様が助けに来てくださって」

『……それはもちろん、そなたの窮地に駆け付けぬわけがない』

「主様……」

紡希は胸がじんわり熱くなることを感じながら、龍神の側に寄り添った。

では、と榊は立ち上がり、

「邪魔者は退散します。ああ、そうそう、やはり、わたしの予知は当たっていたようですね」

　と、思い出したように言った。

　榊の予知は、『連城の娘と番《つがい》になる』というものだ。

「……一応、私も連城の娘ですもんね」

　養女ですが、と付け足した紡希に、榊は首を横に振った。

「いいえ、あなたこそは連城の良き時代の血を濃く受け継ぐ娘さんなのです」

　えっ、と紡希は眉根を寄せた。

『ここに初めてやってきた娘は、そなたの母なのである』

　どきん、と紡希の心臓が音を立てた。

『そなたの母は、そなたの父を忘れられずにいた。迷惑をかけた彼女のために特例として、愛しき者をこの世界に呼び寄せて若返らせ、二人は夫婦となった。しかし、子を授かったことで、下界に戻りたいと申し出てきたのだ。人の子は、人の世界で育ててあげたいと。そうして彼女たちはこの世界を出て行った。下界での生活を始めていくにつれ、ここでの記憶をやがてすべて失ってしまったようだ』

「それは、主様が記憶を消したのでしょうか？」

『いや、自然の摂理である。ここは、人の子にとって夢と等しき世界。そなたも夢に見たことをいつまでも覚えてはいられないだろう』

　そして、と龍神は話を続けた。

『もうひとつ自然の摂理があったのだ。これはわたしも与《あずか》り知らぬことであったのだが、ここで長く暮らした者が下界に戻った場合、そう長くは生きられない運命であるということである。下界に戻って、たった十数年で命を終えた。そなたにとっては、両親を早くに亡くしてしまうことになった。本当に重ね重ね、そなたには申し訳ないことをした』

龍神は深々と紡希に向かって頭を下げた。

彼から罪の意識が伝わってくる。

そうですよ、と紡希はそっと口を開いた。

「おかげで私は、ずっと寂しい思いをしてきたのです」

そう言って龍神の手に触れる。銀の鱗がひんやりしていた。

「これからは、もう寂しいのは嫌です。私の側にいてくださいね」

『もちろんだ。そなたは、わたしの愛しい許嫁』

その瞬間、龍神は再び、美しい青年に姿を変え、唇が重なる。

榊はその姿を見ないように背を向けて、大広間を後にした。

「ところで、どうして主様は、人の姿になるのを嫌がっておられたのですか？」

『泣き喚いていた娘たちが、人の姿になった途端、あまりにころりと掌を返すように態度を変えるため、嫌になってしまったのだ。しかしそなたは変わらないな』

「私は主様の温かく優しい雰囲気に惹かれました。お姿が変わろうとも、気持ちは変わりません。お慕いしております」

『そなたは、本当に……』

龍神と心優しい許嫁は、これからもこの龍宮町で楽しく過ごしていくのだが、それはまた別のお話——。

本書は書き下ろしです。

装幀　坂野公一（welle design）
装画　マツオヒロミ
「恋の予感」（「COMITIA119」告知イラスト）

◉著者略歴

卯月みか（うづき・みか）

京都市出身。２０２０年『京都桜小径の喫茶店～神様のお願い叶えます～』でデビュー。他の著書に『帝都の鬼は桜を恋う』『京都大正身代わり花嫁の浪漫菓子』『京都大正サトリ奇譚』など多数。

天花寺さやか（てんげいじ・さやか）

京都市出身。２０１８年『京都府警あやかし課の事件簿』でデビュー。同書で第7回京都本大賞を受賞。他の著書に『京都・春日小路家の光る君』『京都あやかし消防士と災いの巫女』など多数。

みちふむ

北海道出身。２０２４年『朧の花嫁』でデビュー。童話や詩の分野でも活動。その他、コミカライズの原作も多数。

望月麻衣（もちづき・まい）

北海道出身、京都府在住。２０１３年にエブリスタ電子書籍大賞を受賞しデビュー。２０１６年『京都寺町三条のホームズ』が第4回京都本大賞を受賞。他の著書に『満月珈琲店の星詠み』『わが家は祇園の拝み屋さん』など多数。

大《たい》正《しょう》浪《ろ》漫《まん》乙女《おとめ》恋《こい》譚《たん》抄《しょう》

二〇二五年四月二〇日　初版印刷
二〇二五年四月三〇日　初版発行

著者　卯月みか
天花寺さやか
みちふむ
望月麻衣

発行者　小野寺優
発行所　株式会社河出書房新社
〒一六二-八五四四
東京都新宿区東五軒町二-一三
電話　〇三-三四〇四-一二〇一（営業）
〇三-三四〇四-八六一一（編集）
https://www.kawade.co.jp/

組版　KAWADE DTP WORKS
印刷　株式会社亨有堂印刷所
製本　小泉製本株式会社

Printed in Japan　ISBN978-4-309-03959-6